尤墨书坊

■ 李兆虬／主编

山东城市出版传媒集团·济南出版社

韦辛夷／著

图书在版编目（CIP）数据

我看可以 / 韦辛夷著 . -- 济南：济南出版社，2018.1
（尤墨书坊）（2019.5 重印）
ISBN 978-7-5488-3030-6

Ⅰ . ① 我… Ⅱ . ① 韦… Ⅲ . ① 随笔 - 作品集 - 中国 -
当代 Ⅳ . ① I267.1

中国版本图书馆 CIP 数据核字（2018）第 021060 号

我看可以 韦辛夷 / 著

出 版 人 崔 刚
总体策划 · 责任编辑 · 装帧设计 戴梅海

出版发行 济南出版社
地 址 济南市二环南路 1 号 250002
网 址 www.jnpub.com
电 话 0531 - 86131726
传 真 0531 - 86131709
经 销 各地新华书店

印 刷 济南龙玺印刷有限公司
成品尺寸 150×230 毫米 16 开
印 张 7
字 数 76 千
版 次 2019 年 5 月第 1 版第 2 次印刷
印 数 5001 - 10000 册
定 价 49.00 元

发行电话 0531 - 86131730 / 86131731 / 86116641
传 真 0531 - 86922073

韦辛夷 中国美术家协会会员，国家一级美术师。1956年生于山东济南。擅长中国人物画，毕业于山东艺术学院美术学院，1992年深造于中国美术学院刘国辉教授工作室，为首届中国人物画高级研修班成员。曾任第四届、第五届济南市文学艺术界联合会副主席；第五届、第六届山东省美术家协会副主席。现为山东省美术家协会艺术顾问，济南市美术家协会主席，山东书画学会副会长，济南专业技术拔尖人才，享受国务院政府特殊津贴。

代表作有《鸿蒙初辟》《蓄须明志》《马陵道》《灵山法会图》《在那个夏天》《小岗村之夜》《广陵散》《怀沙》《好日子》《拯救希望》《大地之子》《闯关东》《拾荒者》《苟坝的马灯》《稷下学宫》《百家争鸣》等。其创作风格凝重奇诡，具感染力和人文内涵。被誉为"融古今中外于一体，得诗文史舆之四味"的实力派画家。其水墨小品恬淡隽秀、意韵悠长。曾多次出访德国、法国、意大利、俄罗斯、韩国、埃及、越南等国家进行艺术考察交流活动。出版美术专著《占有空间·韦辛夷水墨人物画创作心迹》《当代中国画精品集·韦辛夷》《金手指美术自学丛书·写意人物》《写意古装人物·仕女篇》《写意古装人物·钟馗篇》《中国画名家丛书人物名家·韦辛夷》《名家·韦辛夷画高士》。出版文集《提篮小卖集》《担水劈柴集》等。

自序/ "我看可以"

平生就觉得只有两件事最"爽气"：一件是走到大庭广众前，众目睽睽下，把身上的大衣（当然是敞着怀，披在肩上的）往后一抖，自然就有人接住，不用招呼的，那叫一个"爽"！这大概是当年看样板戏《沙家浜》落下的病——那个胡传魁一上场，锣鼓点儿就密了，高叫一声"阿庆嫂！"接着把黑披风朝后一扔，刁小三忙不迭接住。啊！那派头！还是孩子的时候看的，印象深，此件事从没有机会实行之，算是遗恨终生啦。

另一件就是在一个二十人以上的会议上，我不主持会，有人主持，但我坐在主位上，始终不发言。直到会开到末了，主持人俯首帖耳："请您老定夺。"我沉吟片刻，呷一口茶，咳嗽一声，从喉咙里抖出四个字："我——看——可以！"嗬，那才叫爽！（胡玫拍的电影《孔子》里陈建斌饰演的季桓子在朝会上放过那个本来应该殉葬的孩子时，就是这么说的。又及）

怎么地？这就叫爽？对，这就叫爽。

鄙人也算在职场摸爬滚打过来的，最多的经历就是开会。不是我召集的会，都是让人叫去听的会，听的什么会一个都不记得了，印象最深刻的，就是会议该结束了，主位上的领导才打破矜持，干咳一声，中气十足地发出上膛音，来一句："我看可以"！会就结束了。

啊，"我看可以"——多么美妙的一句话！气壮山河，荡气回肠，可控蛮荆而引瓯越，带五湖而襟三江，能定乾坤安城邦，幸福的日子万年长，再加上内涵无限，韵致无双，可远观不可亵玩也，不是随随便便什么人、什么场合都能说的。再补充一下，通常领导说这四个字的时候，要么是有人凑火点上一根烟，待猛吸一口但见从鼻孔喷出两条烟柱时；要么是沉吟良久，双手捧一个由罐头瓶子改成的茶杯，再后来换成白瓷的，再后来是不锈钢的，一定是双手捧着杯子腰部，那双手的八根指头（大拇指在内侧，不易看见），轮流打着点儿，那频率，与弹奏肖邦降E大调华丽回旋曲相仿佛，"弹奏"时间几秒、十几秒、二十几秒不等，然后才是口吐莲花。啧，啧，看人家！

这也成了一块心病：每每早晨起床后，头发蓬乱，脸面发虚，对着镜子做做鬼脸，再庄严地来一句"我看可以！"这没人管，只有老婆笑。可一到单位，就立马委顿起来，别说是见领导了，见了同事都矮三分，赶忙到洁净的公共卫生间，趁没人的时候，再对着大镜子审视自己，审视再审视后，立马自惭形秽了：你一不管钱，二不管物，三不管人，你有什么资格？哪能由得你随随便便说这四个字？咳，有想法，没办法，搁在心里乱爬喳，思来想去，便生了权宜之计，哎，我刻章，自己用，总可以吧。于是我叫人刻了一方，就这四个字——"我看可以"，铁画银钩，朱文的，还是随形印章，喏，就是左边这方，别的事儿咱管不了，咱自个儿画的画摁上这戳儿谁能管的着？先是高兴了几天，后来又不行了，为什么？因为我发现这个印在画面上盖不了，因为参加大展的画有评委戳着，你说了不算；画小品吧，还是盖不了，因为老板说了算！自个儿留着的画可盖上了，但是见不了天日，还是不行。这也不行，那也不行，又如何是好！终于，机会来了——

这机会真得感谢济南出版社，感谢丛书主编李兆虬先生和责编。两位先生不辞辛苦，热情满满，真把人感动着了。贵社统筹不说，还让自个儿给书起名字，想自己已到耳顺之年，在职场上用脑后摘筋发上膛音说那四个字儿是没指望了，心里又有所不甘，给这本书起名儿翻烂了字典也没合适的，不是太雅，就是太俗。如何是好？那天刚出卫生间，忽然灵光一闪——何不就叫“我看可以”！对，我看可以！于是一溜小跑回到画室，找出这方印，告了印油，狠狠地摁在纸上，爽气！通红通红的——“我看可以”！

哈——

终于——

自己呢——

做了一回——

主啦

2016 - 11 - 5 / 于济南瓦泉斋

（温馨提示：“我看可以”的“可”字，用胶东话发第三声“kuo”的音并拉长声儿读出来味道更足。特告）

附：本集所收的文字都是悉心之作，都是在下看着“可以”的啦。无抄袭之嫌，有殚精之累，品种驳杂，冰鱼獭祭，属于“乱炖”。就好像回锅肉还要放豆腐、土豆、豆角、南瓜、茄子，再舀上勺豆豉，掰上个干辣椒、撒上胡椒粉什么的，加了纯净水，小火慢炖。这样的食物，养胃，有滋味。看官您要是如果但是也许大概可能好像也好这一口，在下真的就要给您唱肥喏了，谢啦！

目　录

一、別院笙歌

我是顾问

冬日的阳光很好，正在沙发上闭目养神，电话就响了，原来又要成立一个什么画院，聘请我当顾问。

就在昨天晚上，也是一个什么画院要成立，来了电话，我也就顺理成章、水到渠成、无怨无悔地成了顾问。今年也奇了怪了，甭管是机关，是企业，是学院，是街道，是公益单位还是山寨团伙，只要是有画画的人扎堆的地方就一定会攒出个画院来，亚赛当年"文革"成立战斗队，只要有一台油印机，再用橡皮刻个章，就全活了。如今是"大宝天天见"，洒向人间都是"院"了。

放下电话，心里就开始自问自答："我是顾问吗？""对，你是顾问了。""顾什么问？""不知道。""这不是扯吗？""是扯"——怎么就"扯"了呢？想这些年光颁发给我的顾问证书也有一大摞了吧，几乎是给了你证书，就再也没有了动静。顾问顾问，什么是顾问？我"顾"了什么？又"问"了什么？我能"顾"什么？又能"问"什么？顾我者问吗？不问我者被"顾"的次数还少吗？这"顾"的是哪门子"问"！总之是一头雾水。

中华文化源远流长，唯文字这一层雕琢得最为精致，字与字的搭配，词与词的集合，经过几千年的磨合，已经成精了。一字多义，一词多义，或隐或显，能著能彰，内涵丰富，昆乱不挡，非是一言能蔽之。就说这顾问吧，就大有琢磨头，顾名思义，"光顾时询问"似为本意，继而又有疑者：如果是光顾时询问是为当行的话，那么不光顾你时，人家自行主张去做事情了算不算让你顶空名不作为？或是僭越不本分？也可以理解为"顾"你"问"你，你就应声，不顾不问，悉听尊便，有真有假，有虚有实，两两相宜，皆大欢喜。如果再有念头，那就成了不懂事儿了，要知道，不是什么人想顾就顾的，要不是看你在行当里有一定位置，有一定影响力，想顾，还没那个资格！想到此处，身上不免渗出冷汗：为老不尊、不识抬举，给面不要面的事体咱可不能干。

于是，就被人家"顾"了，接着脸就拉不下来了。

首先，"顾"你的什么"院"要开成立大会吧，成立大会您老得去吧。光去不行，总得有所表示吧？都"顾"了您了，能空着手吗？您得意思意思，送一张贺画也是人之常情吧？成立个画院容易吗，这得花多少钱？什么？没时间画？那写幅字也行。看，这就是被"顾问"后的功用！即便主家客气，说不要画，只要您老到场就行，你好意思老着个脸白白享受礼遇？好，那就觍着脸去。于是轿车来接，搀腋上台阶；敬啜香茶，恭笔画押；握手问安，戴上纸花；左顾右盼，春风扑面；再点头微笑，连声说好。见女士说你怎么就没变样，见男士说还是那么棒！高高兴兴，舞舞扎扎，指指点点，嘻嘻哈哈，这成立大会就开始了。让你在前三排就座，前十名肯定念到你的名字。听到念你名字时，要赶紧起立向前鞠躬，再移步换形，转身向后鞠躬，再转身，坐下。又是掌声，是那种念一个名字拍一阵的掌声。于是，领导讲话，院长致辞，再举牌揭红布，或按球出字幕，音乐骤起，掌声雷动！从这一刻起，这个画院就名正言顺了，发挥功能了。

开幕式甫毕，便安排到酒店吃开门宴，你好意思不去？待酒足饭饱，再专车相送，你还能绷得住吗？待回舍先小憩一番，等醒过酒来一想，受了"礼遇"了，咱还有亏啊。于是乎你就会主动给主家去电话，说：感谢，感谢！不好意思，不好意思！说这样吧，明天打发人来一趟，取张小画吧！得，这不就是顾问的功用嘛。还会有继而来者，可如何是好？

过了两天总算想过来了：顾问顾问，就是你还有一些利用价值。顾问可以不占名额，是荣誉称号。顾问如鸡肋，食之无味，弃之可惜。顾问就是安慰剂，还有余热，一下还凉不下来的过渡阶段。所以当不得真也当不得假，觉得你好使就使，不好使就扯——唉，这不，又"扯"了一回。

乱曰：

> 顾你你就问，
> 莫蒸哀家梨。
> 吹齑因羹热，
> 娱彩老莱衣。
> 干糇岂愆作，
> 玄酒不问期。
> 性散虽樗栎，
> 爱惜老头皮。

2016 - 11 - 11

着西装的韦辛夷同志。稀不稀罕?

唐突西服

六年前我有一次穿西服的经历，真可谓是"乃服衣裳""垂拱平章"了。

那是2010年11月30日，济南市召开第五次"文代会"，我作为"跨届"的文联副主席，当然要参加。不但要参加，还要上主席台；不但要上主席台，还得要求着正装，就是要穿西服，扎领带。西服穿过，可是穿西服上众目睽睽的主席台可是大姑娘上轿头一遭儿的礼遇，一时真真窘煞宝宝了。

因为平日里自由散漫惯了，除了多年前出国时被要求穿过一次西服外，其他日子里都是穿着随性，逮着什么衣服就穿什么衣服，不讲究的。这一下妻也替我着急起来，平时不穿，西服都不知道塞在什么地方了，只好翻箱倒柜地找。总算找到了，领带却不知放哪儿了，再找。等找到了领带，白衬衣却没有着落，只好找出一件带暗条纹的、远了看不出来的衬衣，对付了。妻忙着把熨烫好皱褶的西服挂在衣架上，让我先穿衬衣试试合身不，刚穿上衬衣，麻烦又来了，要系领带。因为许久不盘那行子，领带怎么系都不对，还是妻聪明，上电脑查，果然"有事找度娘"，就有打领带的招数，按步骤一、二、三，照猫画虎把这布条儿套在脖子上，觉得像那么回事了，松松扣儿，取下来，端放在画案上，这样第二天只消套脖上一勒就行了，省时省工。直折腾到半夜12点过了，才算消停。

第二天早起扮上，再蹬上许久不穿的、有些挤脚的皮鞋，果然人靠衣装马靠鞍，着了西装照照镜子，真觉得自个儿都笔挺了。待赶到会场，顿觉回头率见长：许多老熟人都是第一眼飘过，再来第二眼，定住看，口里必定啧啧有声："嗯？嗬！变样啦？"以至于开会前就有嘴刁的主儿编成顺口溜："文代会一大怪，老韦扎领带。"余到了这步田地，也只好稳住阵脚，一改往日的随便劲儿，举手投足都矜持起来，心里对自己说，好好走，别顺拐了，让他们瞧瞧！是啦，这么庄重的场合，不能因为咱的衣着不当、行为失范儿为会议抹黑不是？

庄严的大会开始了，我被安置在主席台右侧的位置。刚坐稳，"唰"的一下舞台十几盏大灯全亮了，迎着脑瓜门子照，只觉眼前一片煞白。照相机、摄像机一齐来，啪、啪、啪，唰、唰、唰，我就开始凌乱了。脸上开始出汗，手心也出汗，不敢抬头，有两个原因：一是往下看什么也看不见，只是黑压压、白花花的一片；二是怕露怯，让人觉得没有斤两。这架势，酸一点儿说正如孟子语"其颡有泚，睨而不视"者然。幸好面前有专为主席台摆放的标有"舜耕山庄"字样的信笺和圆珠笔，就在纸上信笔画着，一来有点事儿可做，二来可掩窘相。这时的西服就成了紧身衣：肩膀箍着，腰儿勒着，屁股绷着，膝盖圈着，脚踝硌着，脚趾顶着。那件暗格的衬衣许久不穿领子僵硬，再加上有领带束着，脖子两侧的动脉突突地跳，又不能把领带搞得过松，免得让人看出衣带不整。哎，唉，遭罪啊。我开始佩服起常年西装革履的诸位官员来，就拿"左邻右舍"这几位来说吧，他们常年着正装，年年穿，月月穿，基本上是天天穿，也没有我这副熊样。怎么你，你，让你"待遇"一回就不能忍受啦，真是狗肉上不了席！

我正自责着，台底下忽然一片窃笑声，定神回来，原来念工作报告的邹主席，一时口误把余之名讳念成"辛弃疾"啦（因为工作报告中有关于美术工作的章节，余难辞其"咎"）。我正襟危坐着，做无辜状，虽然台底下哗哗地响，我知道此时全场的目光肯定都看我啦，我只好"景行维贤，克念作圣，德建名立，形端表正"。再用领袖的诗词诫勉自己："敌军围困万千重，我自岿然不动。"还有孔老夫子的话："桓魋其如予何？"

此时在心里却不住地念叨"辛弃疾""韦辛夷"，"韦辛夷""辛弃疾"，是有些像嘛，难怪有口误。突然，灵光一现："韦辛夷、辛弃疾"，不就是鹧鸪天词格式中的两句吗，与其呆坐，不如填词，对！一有这等念头，我身子开始柔软，心思也开始活泛，拈笔就在纸上涂涂抹抹，台下的人看去，我是专心致志在做记录、记笔记，实则是在"倚声寻句"哩。不多一会，一首"鹧鸪天"便填成了：

> 谁把会场分两席，
> 这头高来那头低？
> 灯光照脸炁炫目，
> 领带束脖成木鸡。
> 韦辛夷、辛弃疾，
> 即成名士也窃喜。
> 真想早生八百年，
> "仙饮千杯醉似泥"。

嘿，还不差吧？别忘了，这是在会场，没法查词谱的。（这词的最后一句原来是"共邀稼轩喝酒去"，待写这篇文章的时候发现出韵了，就拽了一句稼轩老的成句填上，方成完璧）填好了词，邹主席的工作报告依然还在此起彼伏中，余脑洞大开，趁手热又来了一首古风：

韦公自嘲

沐猴加位主席台，
摄像闪光迎面来。
一片激昂慷慨语，
百般拘礼正危怀。
庄严妙相我非我，
不二法门开未开？
没有意见请举手，
之乎者也矣焉哉。

最后这两句是写到此时，会议议程已经到了举手表决阶段，现挂现卖，是当时景况实录。终于，邹主席顺利当选这一届市文联主席，于是又有诗焉：

舜耕会堂春雷动，
"弹冠"相庆俱有功。
抗战艰难曾八载，
老常猎户叫一声。

什么意思？盖此番换届是赶到第八个年头才换，抗日战争就是打了八年（今确定为十四年）。那"老常猎户叫一声"怎么回事儿？这是革命样板戏《智取威虎山》的台词儿，我军侦察员杨子荣扮成皮货商，深山问苦，猎户老常一声响亮："八年啦，别提他啦。"取其"八"字，借用于

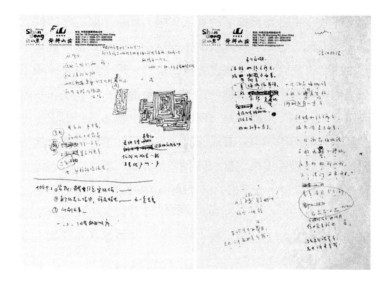

此。

诸位看官，你不会说我不靠谱吧？这么隆重的会议，你还在主席台上，不好好听报告也就罢了，还装模作样，胡思乱想，划拉出这些乌七八糟的文字来，也太没正形了吧？

是啊，我端坐于此，静如处子，可思绪奔腾，动若脱兔，我也管不住自己的思维啊！诸位看官，你以为端坐于台上是好事儿，是身份的象征是吧？这只是说了其一，未道其二。这其二就是——都不容易，都不容易啊。今天在台上灯也照了，像也录了，也风光了，也体面了，可台上的活儿结束后，回到台下现实中去，那操心的事儿层出不穷，那不好办还要硬办的事儿没完没了，这时的风光算得老几？所以啊，有多大的"醉"，就有多大的"罪"；有多大的"擂"，就有多大的"累"；有多大的"炒"，就有多大的"潮"。老天爷公平，一就等于一。说一千道一万，还是这西服闹的，不穿西服，就不会坐在这里，不坐在这里，就不会有这些念头，没有这些念头——

那多好哇，也省得涂抹了两页纸，喏，就是上面的影印件。

大会刚一结束，在欢快的乐曲声中，我一个箭步就窜下了主席台，冲到美术代表团方队的位置，逐一同与会的画家代表们热烈握手，一边握一边一脸庄重地说："我要和我的人民在一起！"自然又是一阵哄笑。虽说都是多年相识相近的画友，他们平日里还真没见过我穿西服的模样，从大伙的眼神里就可以看出来，这一回我是真真地"板正"啦。可心下暗想，总算没出大洋相，总算对付过去啦。

终于，会开完了，匆匆赶回家，秒秒钟就把这身行头甩到床上，赶紧换上襟衣裈裤。哎，哎，总算是从头到脚全身解放，彻底轻快了。

自从那天起到如今，六年过去了，再也没有碰过那劳什子。

韩愈说：人不通古今，马牛襟裾。

让我说：人不识抬举，唐突西服。

2016 - 12 - 9

冬天里的闲话

这个冬天让人不敢恭维，只是霾。都"四九"天了，竟然还没下过一场雪，搞不清楚这是地球变暖还是变冷了？每天在粉尘里讨生活，霍金那句"地球可能再转悠一千年"的话让人心颤，可眼下，还得活呀。这不，得了流感还没有好利索，懒在家里，恰有客翩然而至。

客来，自然是麝月私分，投辖倾盖；共剪西窗，一叙衷怀。余已经闭门深山般的许久未见人了，又不屑于微信和上网，只好木鸡般"呆"着。闲来翻书，读《诗人玉屑》，那

相期以茶

句"饱谙世事慵开眼，会尽人情只点头"大合胃肠。客来，话到兴处讲了三个掌故，未可证真，亦未可证伪，实在记无可记，权为打发时光。

话题一　牛奶与奶牛

若我者已是"望六"之人了，竟然在天命之年才知何谓牛奶，何谓奶牛，真真枉喝几十年奶！

三年前有友邀余并几位书画家到鲁北一家奶牛场"走基层"。偌大场地有围杆拦着，阳光下那些花白斑的牛或扎堆或独处地溜达，我随口问陪着的主人：哪些是公牛，哪些是母牛？主人说这里没有公牛。这下我奇怪了，不是说这种花白牛都叫奶牛吗？主人说：是。我问：既然叫奶牛，那么公牛也应该会产奶了？主人笑了，说公牛不会产奶，这里没有公牛。那没有公牛这奶牛怎么繁衍？母牛的奶水是从哪里来的？公牛呢？

经主人解释我才知道，原来这些母奶牛都是人工授精，待生下小牛，凡母的再养起来，长大了再产奶。凡公的小牛，尚未睁开眼睛，无法看清人间的事情就成了人类的一道菜（我听了不禁身上发紧）。于是，母牛在哺乳期就产奶了，于是人与人、单位与单位，再以家庭为单元相互对接后，这奶，每天就到了千家万户的餐桌上了。待哺育期过了再人工授精，周而复始，壮心不已！

话题二　水听话

小时候看什么都新鲜，那时最不可理解的就是"水听话"

了。你看这水啊，到0℃就结冰，到100℃就沸腾，不是太听话吗？长大后才明白，哪里是水听话，是人聪明。为了判断水的温度，人们就利用水的特性，在冰点和沸点之间分成100等分，制成一个仪器叫温度计，把数码按顺序标在杠杠上，于是水就听话了。久而久之，事情异化了，人们不说是温度在起作用，反而是说温度计在起作用，于是水就"听话"了。人哪！

话题三　猪上树

这是一个段子，听来的：

如何让猪上树？

分三个步骤：第一步，采用皮格马利翁激励机制，对猪说你天生就是爬树的料；第二步，惩戒倒逼机制——如果三天之内上不了树，就被烤全猪；第三步，无奈的猪就选了一棵思量着能拱倒的小树，把树拱倒后站在树头拍了一张清晰的照片。于是，就完成了猪上树的任务。人哪！

客与我谈兴甚高，围炉夜话，鼓舌走马，随身取譬，直通爪哇，真如百尺楼上，耆宿醍醐。待客辞，一夜黑甜之后，扪胸尚有臆气，想舞笔弄墨者耿耿分宗立派之事，索性提笔录之，恍如梦呓，不成体例……

2014 - 1 - 23 / 晨

回笼觉

　　龙年就要到了，那一日几位画友一起吃饭，席间闲谈，不知谁兴了个题目，要每人说一句与龙有关的成语、俗语、掌故，以助酒兴。于是什么龙腾虎跃啦，叶公好龙啦，龙王庙、乌龙球都纷纷端上桌来了。轮到我了，我说："回笼觉算不？"一阵粲然后得到了称许，我顺口又来了一句："回笼觉，二房妻，烫面包子老母鸡。"这一下轮着大家喷饭了。

　　据说这是民间的四大美事，它比"久旱逢甘霖，他乡遇故知，洞房花烛夜，金榜题名时"来得实在。在这四大美事中，除了回笼觉有感同身受外，其他的三件事与我就有隔膜了。先说这"二房妻"，总嫌意向不甚明确，是指填房续弦呢，还是如夫人？没有经历不敢妄谈。"烫面包子"是什么？应该是用开水冲面和面，用这样处理的面皮包的饺子叫"烫面包子"，蒸熟了吃。在我们老家，"包饺子"就叫"包包子"，也有人叫作"死面包子"，我通常吃过这样的包子都要胃酸，所以不明白为什么要把它列为美事之一？大概在物质匮乏时代，能吃上烫面包子实属不易吧。美事第四项是"老母鸡"，这大约因为旧时乡间家无长物，唯老母鸡能下蛋，能以物易物补贴家用。况且老母鸡养着可以调剂生活，煲了可以滋补身体，这个意向不乏亲切。可是现在的人住在城里不让养，也就成了镜月水花，这样推下来，可亲力亲为之美事就只剩下个"回笼觉"了。

回笼觉是指醒了再睡的第二觉。有一个段子：领导到偏僻山乡做调查，询问乡民业余生活是什么？乡民回答说："睡觉。"领导对这样的答案不甚满意，接着问：睡醒了干什么？乡民："歇歇再睡！"这大概就是回笼觉了。

回笼觉通常是在天光已亮未亮之际进行。它是大戏之后的尾声，是正餐之后的甜点，有了它睡眠才是一个完美的过程。它得具备两个条件：一是心中无碍，二是白天无事，至少上午时光得闲，就是白领们所向往的睡到"自然醒"，在当下时代，能享此清福者越来越少了。至于我，确实有过回笼觉的经历，不过大半都有梦，常常是赶火车误点，或是登楼台遭羁，醒后怅然若失，看来这不能算是真正的回笼觉。记得黄宾虹先生有一副终生喜爱的对联："何物羡人？二月杏花八月桂；谁能催我？三更灯火五更鸡。"想来宾虹老难有回笼觉的经历了。

真正的回笼觉应该是：随缘就势，自然而然，可遇不可求。应该于不经意之际，于一呼一吸之间，拥榻得槐梦之想，睡时天枢自转，醒后周身通泰，才是大造化。回笼觉是人生的福气，是生命安适的一个标志，是劳顿者的奢望，是众生的福报，是心境的和谐，是幸福感的源头，是老天爷的奖赏。如果醒后有一缕阳光洒在床头，有数个鸟雀于窗前啁啾，这样开始的一天就是诗了。

新的一年到来了，愿天下人都能睡安稳觉，在安稳觉后再来个回笼觉，才是生活真滋味。

2012 - 1 - 3 / 夜

济南的"老师"

俺们济南有个习惯，逢着人便叫"老师"，住久了，你就能领会其中妙处。

在国人交往中，唯称谓这一层巨麻烦，诸多场合称先生不是，称仁兄不是，直呼官讳更不是，尤其是面对一位款款女性，初次见面的那种，于称谓上更是考验智力：叫"小姐"？叫"女士"？叫"太太"？都难。一旦应对不当，当场吃了白眼不说，兴许把所托之事付了爪哇还浑然不知，岂不冤哉。

但这个难题儿在俺济南竟然轻而易举地化解了——无论是男是女，是官是民，是老是少，是工是农，一声"老师"全解决了。为官的，听到叫"老师"，也居了上席；为民的，叫"老师"也得了尊敬；年纪为长的，叫"老师"遂心遂愿；为小的，听了"老师"也倏然自尊。且"老师"这个称谓不分性别，不论远近，诸事皆宜，消解辈分，比叫"先生"宽泛且时尚，比叫"师傅"尊贵且儒雅，都说济南人厚道，就这一句称呼，在厚道中还透着精明，真是奇了。

我有一位中央美术学院的朋友，前些年到济南来，一下火车就有出租车司机问："老师，到哪儿去？"他心下诧异：你怎么知道我是老师？我的名气有这么大吗？

不过，这"老师"的叫法上，也有微妙的差别，外地人乍到济南是听不出来的，老济南一听就能分出疏密，也就有了无间与客情的区别：凡是相熟的，或是正式场合的，称呼"老师"直如普通话平直叫来就行；对陌生的、属公共场合的，一过性的称呼"老师"是要儿话

音加上卷舌轻轻一扬滑出来的——"老师儿"。这样的叫法在问路、购物时常用，能给被称呼之人一种祈使的亲切感。你看，俺们济南不愧为有四千六百年文明史的礼仪之邦，仅一个称谓就有这么丰富的含义。"老师"也好，"老师儿"也罢，这样温馨的称谓已经成了我们人文济南百花园中一朵美丽小花，在和谐社会中散发着它特有的芬芳。

赞之曰：

你是老师，我是老师，
春风化雨，祥布瑞施。
我是老师，你是老师，
芝兰馨香，斯文在兹！

2012 - 1 - 29 / 夜

徐冰剪纸

"伟人拿疗心" （小小说）

在一次国家级书法展览会上，一副对联荣获金奖。且不说书法的功力深厚令人折服，单是对联的意思就超凡脱俗、引人遐想。

评奖的时候，那位德高望重的老者系历届重要展事的终身评委，掬一捧银髯，站在对联前端详了许久，众位评委环立左右。霎时，"银髯"双眸闪亮，口中啧啧有声。周围的评委们屏声静气期待着老人家的高论，因为大家都知道，每当这样的情景出现，一件金奖作品就要产生了。

果然老者洪钟般的声音在大厅里回荡：

"'宏盲推治中，伟人拿疗心'好联！好联！宏者洪也，盲者莽也。洪莽之际，纠治唯中。中者和也，阴阳衡也，不偏不倚之为中，推而行之，可得治国安邦之镜鉴。这里的'中'字要念入声，方得妙谛。下联则又翻出一层意思：你们看，'伟人拿疗心'，什么是伟人？伟人者圣人也，能有圣人之位，又有圣人之德方是伟人。伟人能救民于水火，伟人能解民于倒悬，伟人能保天下之平安，所用法则，唯'拿''疗'二字。'拿'者为统御之意，'疗'者为治理之意，统御并治理的最高境界莫过于得民心。民心所向，'拿''疗'有方，所以才成全了伟人了嘛！啊，哈！

哈！哈！”

众评委听得如呆如痴，好半天，大厅里才响起雷鸣般的掌声。

自然，这件作品顺理成章地评得金奖。

于是展览报道铺天盖地。

有关获奖的经过也是听众评委中一位朋友说的。

一月后我出差北京，于书店里邂逅那位因对联获奖的书法家。待我向他祝贺已毕，询问如何得到这般天籁妙句时，他躲闪了一会儿说：

“咱们是哥们儿，我告诉你，你得答应要保密。”

待我急急点头应允后，他才冲我神秘地笑笑，凑到我耳边：

“咳！那就是一句广告。在我住的社区大门口，立着一块红底白字的牌子，两字一行，排成五行，我只不过把横着念的字竖着写就是了。”

我一时发蒙。

等到回过神儿来，笑从胸间涌出，捂着嘴跑出了书店。

那句广告词原来是：

宏伟

盲人

推拿

治疗

中心

2003 - 5 - 25 / 于济南瓦泉斋

就是受这广告的启发才有了这篇小小说,纯是虚构。

只是把广告中的"足"字改成了"治"字。呵呵

住房申请*

文联领导：

欣闻单位"大兴土木"，"广建屋宇"，既解办公容膝之促，又得广厦蔽寒士之颜，实乃千秋伟业，功莫大焉，吾侪翘盼有日矣！

古贤哲有云：家齐而后国治，国治而后天下平。齐家者实为万德之本，安民之宗，兴国之基也。余生也有涯。想文联奉职，旬年有余；推位让房，已成往事。叹人生过半，尚无闾阎以安居；暂寄母畔，朱门阀阅尽属谁？虽然此番分房，人人有份，但行文以呈，更为正规。故不避讨嫌，直陈心迹，临禀悚惶，唯希垂察：

所居二、三层为宜，有大房不要小房，居东侧不居西侧。伏祈金诺，结草以报！

此致

敬礼！

申请人：韦辛夷（盖章）

1998 - 11 - 28

＊这是一份真实的住房申请报告。整理文稿时翻拣出来，觉得有些意思，故收入集中。顺便说一句，房子是分了，不是大房是小房，不是二层是五层。

明湖寄兴

　　两天前的晚上，海波兄电话告知大明湖的刘洪如先生拟再请画友大明湖一聚，由是想起数天前余在南郊宾馆邂逅洪如时，曾提及雅聚之愿望。洪如认真，竟这样快就相邀了。

　　自午时秋雨飒至，继而转成滴沥，天地尽湿，心也润泽了。待小憩后窗外已成雾色，雨霁而云未散，于是乘31路公交车，到老东门下车，再西向寻路观行。

　　老东门往西北首一带已然大为改观了，当年店铺、民居杂糅之景象已被亭树楼阁所替代，现正在东扩施工，故有蓝色围板拦着，看不真切。待走到大明湖正南门，洪如已在等。不多时胜华、胜军、丽平、兆虬诸画友来，于牌坊前、荷塘边快影留照。继而海波并夫人赵女士、李勇、天明、玉泉、永生均到，便登船向明湖新区驶来。

　　拏舟上岸，眼前为之一亮：飞檐素舍，掩映绿柳之中；拱桥潆洄，盱观画廊之外。经营得所，安排有致，处处匠心，每每新意，众人啧啧有叹。因尚未竣工，偌大景色中只我等数人盘桓其中指点品评，余谓兆虬：像不像贾政携众酸儒题额大观园？继而解颐。

　　时又有微雨飘下，大家撑伞徐行，顿有清凉韵味。步溪桥，穿院所，抚旧壁，望琐窗，瞻顾其间，恍若隔世。有

上图：当时拍的照片。左起：刘洪如、我、王胜华、李丽平、刘胜军

下图：大明湖历下亭

老舍庭除嵌镶其中，竟堂构自然，又有数株石榴，新植于此，雨涤拢翠，两两相生。诸人沿湖岸北转向西行，右观隐处有幼树成林，遮雨成霭；左畔隈岸处，披离荷叶，珠跳有声。眺望湖面，烟波微茫，好一幅水墨图画！登画舫驶向历下亭，尽得古人"微风燕子斜，细雨鱼儿出"之境，惜燕子邈矣，只能作怅怅之想。不一时到历下亭，弃舫跻岸，此处是旧时庭院，尽有熟识沁在心中。大家在合抱老槐树下再次留影，是因为当年曾经在此聚首。当昏暝未合之时，诸友于"蔚兰亭"宴桌前依次坐下。

晚宴极为丰盛，谨见洪如莼鲈之心：有炸明湖荷花，有荷叶鱼，有蒲菜羹，更有几道叫不出名的可口菜肴，大家心存感念，且大快朵颐。席间佳句迭出，因于湖中屿上，只我等数友放形，期间并不会搅扰他人，故阵阵笑声掀顶回宕，兴致高临处纷纷唱老歌，溯流年，回盼风华时光，且是每人轮番有唱。再款语殷殷，曲尽衷肠，上天入地，述千年之变幻；瞻后顾前，粲百代之华章——正可谓"群季俊秀，皆为惠连"，抚今追昔，歌以咏志，会桃李之芳园，叙天伦之乐事，四美俱，二难并，良有以也……

云没阑干，酒酣意犹未尽；扶夜亭立，遥岸目眩霓虹。再舟行镜泊，湿风吹面，马达喳喳，对岸徐来。回望芙蕖，擎盖意犹不舍；良辰美景，霎时皆成虚空。一旦返身尘嚣，胸有诗而诗竟不得出矣。

恐此次际会逾时斑驳，归后乘兴快记。

2009 - 9 - 3 / 于济南瓦泉斋

寄杭快语二十七则

当年金圣叹有"不亦快哉"数十语，令人解颐，近代文豪梁实秋效法为之，流沙河先生亦作"不亦快哉"戏谑当歌，李敖也有此俳句。1992年秋，余千里投学，染翰丹青，仰沾时化，沐浴春风，自有一番感慨。兴之所至连缀数语，鞏前人之格式，抒一己之快情，也算是对中国美术学院（那时叫浙江美术学院）高研班生活的一段纪念*。

——每日饭时，食堂人声鼎沸，售菜窗口前黑压压头颅一片，头顶上多有饭勺、饭盆之类在晃动。平素睨目扬眉之学子，一个个争先恐后状，只有京沪等大都市高峰期挤公交车可相媲美。这时余等不觉精神振奋，侧引胯，晃双肩，溜两沿，臂高悬，健步拧腰，三挪两蹭已然挤到售饭窗口，高叫一声："大排一份，半个青菜！"再转身时身体已不能挪动，只得重新发力，奋勇杀出。"用最大的胆量打进去，再用最大的勇气打出来"。箪食壶浆，想李可染先生之经训在食堂买饭派上用场，不亦快哉！（近日因国家文化部要来视察，秩序有所改观）

——晨6时半，睡梦正酣，不想迎门处高音喇叭噪声大作，一派"轧轧"声盈耳，打击电子乐直奔被筒，慌悚之际

课堂上。右一为刘国辉老师，右二为韩黎坤老师

黄粱已熟，不由你不醒。无奈只得裹冷起身穿衣鼓漱。此时
导师刘国辉先生来，将恋榻之师弟拎耳揪起，诸同学隔窗观
瞧，师弟跪床上连连讨饶，不亦快哉！

——晚饭后约友散步湖滨，但见西湖水鳞光闪闪，霓虹
灯姹紫嫣红，对对情侣相偎相伴，两两游客且观且行。忽见
道边停一辆面包车，车身有字"野姑娘茉莉花摄制组"。见
车内无人，遂掏笔于字间疾书一"俗"字，再顿上三个感叹
号，友与我大笑不止，不亦快哉！

——客次杭州月余，周日信步来到孤山。头上丽日高照，
湖畔残荷披离，远眺丛峦裹翠，近闻好鸟相鸣。寻得当年林和
靖梅妻鹤子处，胸中涌动疏影暗香之妙句，不亦快哉！

——画大画一天，心劳筋驰。入夜伏蚊帐中，有小灯一
盏，或重温家人之近函，或泛读画外之闲经；无电视之乱眼，无
"卡拉"之劳形。倦神一到，舒臂缩颈直入梦乡，不亦快哉！

课间休息。国辉师与大家谈笑风生

——寒假后重返杭城，半日有闲逛到吴山顶。邈然有记金主完颜亮"立马吴山第一峰"句。待至一亭前，上书"极目西子湖"，亭内有二老者对弈，余观战片刻，只点一步，令戴花镜老头儿双车尽失，余闪身离去，听身后谴责訽骂之声顿起，不亦快哉！

——还是在吴山，见一古钟，铸文历历可辨。细细观之，乃为胡庆余堂之女眷集资而铸，存于地藏殿，战乱匿迹，又复找回。撞钟之柱作鱼头状，名曰"浦牢"，典出浦牢生性唯怕鲸鱼，见之则呼声震耳，故为击柱。上前撞击三下，果然响遏行云，想古人有"大音稀声"句，今不稀声，不亦快哉！

——亦是吴山左近药王庙，现为"月下老人祠"。系缱绻司，氤氲地，哥哥妹妹嬉游之所，金婚银婚寻梦之邸。月老手擎红线，笑容可掬，卦辞卦签皆是妙语。众游客或求卜姻缘，或问卦男女，一派热闹。曾记唐人韦固得于月老之惠，又有红绳之约，实为同宗之美谈，不亦快哉！

——黄梅天气，淫雨淋漓，数日无日头，心绪往往恶劣。每当此时导师翩然而至，进得画室便命歇笔。又令学兄学弟采看打酒，模特台铺上宣纸，旧板凳围于台前，霎时口杯瓷碗叮当乱响，北调南腔嚷作一团。导师又将外国烟一一分过，会抽不会抽者均吞云吐雾。每当此时余恍兮惚兮，惚兮恍兮，呼啦啦直入蓬莱境，不亦快哉！

——师与师母偶有琴瑟不协，同学相商予以撮合。凑份子于小酒店延师与师母同坐，学兄巧舌如簧，学姐顾右言左，直令双尊目善眉慈，大家尽兴而回。翌日师来，余嗫嚅请安曰：可否同榻相卧？师正色道：还是睡沙发！余趋出画室方忍俊不禁，不亦快哉！

——灵隐佛门净土，清幽更有茶寮。逢晴日全班倾巢，于灵隐寺观景品茗。有陆羽布道，有卢全品箫，有东坡涤

绍兴，兰亭，曲水流觞处，全班同学合影

器，有屠隆琴操。龙井沁脾之际，正是两腋生风之时，茶禅一味，今日得之，不亦快哉！

——周日，导师携一班弟子到西湖荡舟，不想与船工数人发生口角，后发展成拳脚相加，捉对扭住厮打。余一把折叠伞排上用场，一伞抡去，对方踉跄，只见对方头上有包隐然隆起，不亦快哉！

——因见解不合，导师与受业意气相左，遂拂袖而去，三日未到教室，众皆心悸。相商推举一人劝师回帐，余受命谒拜吾师。不想师于府中穿戴齐整已等候多时矣，见余来和颜悦色道："我就知道他们要叫你来。"余愕愕后又沾沾，不亦快哉！

——画《灵山法会图》。每动笔前，焚香趺坐，挂黄布袋，听梵呗音。值阴雨连绵，雨打芭蕉如泣如诉，檐挂垂珠似断似连，待心有所动时，方才命笔。每当此时恍若神鬼暗助，不是我在画佛，直是佛在画我，不亦快哉！

——周日到虎跑泉，朝觐弘一法师剃度之处。心施已毕，于南畔小树林中瞑坐有时。此刻白云悠悠，惠风溥畅。看踆乌西巡，无关行止；间黄叶飘下，铮然有声。余心有寂，坐忘天地一瞬；尔意何从，廓然不忘丹青。苍茫时分，拾阶而返，仰见天心月圆，俯察红尘喧动，泠泠然意存不染之念，不亦快哉！

——半年不看电视，不看报纸。一日到某老师家少坐，值《新闻联播》，方知美国总统已于两个月前由布什换成姓"克"的，不亦快哉！

——出学院门西向数百步，便是西湖三十六景之一柳浪闻莺。此处真个是花枝招展，绿意扶疏，触目皆景，盈耳巧音，是一个销魂所在。晨光未曙，为皓首之天下；金乌归山，为情侣之锦阵。小子有幸，伴邻西子；小子不幸，亦是西子伴邻。等而下之，能于或阴或晴时寄情柳浪，又能于或晦或明间驻耳闻莺，不亦快哉！

——到绍兴，游沈园，伤心桥畔亭间少坐，题词壁上光阴错综。斜阳画角，绿波池台，香穿依旧客袖，顾影不见惊鸿。想陆游扙涕一首《钗头凤》，赚了多少有情人的热泪！不亦快哉！

——山阴道上，目不暇接；亭树掩映，葳蕤通幽。在兰亭曲水流觞处小仁，"鹅"字碑前留影，到处翠竹盎然，胸间涌动"修禊"美文，忽记得佳句"万古是非浑短梦，一句弥陀做大舟"来，心与际会，不亦快哉！

——五黄六月，燠热难当，白天画创作，晚上画写生。教室每到夜间10时半准时熄灯。于是搁笔，约砚兄砚弟于学院北邻小店喝牛肉粉丝。放醋放辣椒面，直喝得一佛出世，二佛升天，通体淋漓，气透玄关。时有夜风消汗，再步月回舍，一任黑甜，不亦快哉！

——最让人醉心事，莫过于图书馆翻书，曾立志一年内将四楼为研究生开放的资料室画集全部翻过。于是我不在画室创作，便是在图书馆看书；画室图书馆都不在，就是在去图书馆的路上。比及一年，果真将所有画集摩挲一遍，不亦快哉！

——连续两个星期没有把背心穿反，不亦快哉！

——天热。光着膀子，攀着梯子，挥着刷子，画着画子，一画就是一面墙，不亦快哉！

——一年完成三幅巨制，一支兰蕊笔既未磨秃，亦未掉毫。不亦快哉！

——负笈杭城两个年头，北人南居，竟无水土不服之症

杭州西湖柳浪闻莺即景

候，竟然没有得过感冒。不亦快哉！

——金秋时节，北京中国美术馆展出高研班作品，适《国画家》刊出高研班展览画作，余作品《在那个夏天》选为封面，引得同学侧目，不亦快哉！

——12年后重新翻检这"不亦快哉"，真是不亦快哉！

1993年初稿
2004年整理

＊受文化部委托，1992年9月，在浙江美术学院（现为中国美术学院）举办首届中国人物画高级研修班，全国招收12名学员，导师为刘国辉先生。该班宗旨为探索当代中国人物画理念并技法诸问题，以创作大幅面作品为研究课题，收到了预期效果。

画余余话（十三则）

（一）

好多年前北京办过一次"半截子美展"，影响很大。那前言的几句话可谓经典："老先生说我们是刚出壳的鸡，年轻人说我们是腌过的蛋。"是鸡是蛋的话给我印象很深。当时尚富于春秋，故体会不深。一眨眼儿，自个儿也到了半鸡半蛋的境地，才真正思忖起来，我究竟是鸡呢？还是蛋？是刚出壳呢还是被腌过了？如果是刚出壳，那就是鸡了，如果是被腌过，就是蛋。我有点儿糊涂。

所以"哈姆雷特"说：是鸡，还是蛋，这是个问题。

（二）

"放屁，放屁，真正岂有此理！"是《何典》上开篇"如梦令"的后二句，有一位吴老丈认为真正得写文章之秘诀，就是这两句词。

这也奇了，生理的功能竟然有如此妙用，比迎头棒喝好使，比醍醐灌顶有效，我等不妨多找几个萝卜吃了，也成就一段机锋。想当年伟人词中有"不须放屁"句，可是他老人家反其意而用之？"贲象穷白""绘事后素"，画之道莫不是如此。大俗即大雅，最高深的真理，往往是最朴素的表述。

其实我们都是受益者。

（三）

有兄弟三人，老大叫学问，老儿叫年纪，老三叫笑话，一同进山砍柴，晚间回家，老大空着手，老二捡了几根树枝，老三实在，挑回一担柴。母亲评判说：学问没有，年纪一把，笑话一担。

这故事直捣在下软肋，所以我喜欢。

问题是，学问为什么会没有？年纪为什么有一把？笑话为什么有一担？想来想去，似乎还是那个老根源：那就是学问让"四人帮"耽误了，又生性懒惰，光阴如梭，年纪也就上来了。为了支应局面，说笑话最济事，所以笑话就多，一笑遮百丑，一笑万事和。另外，本事一无所成，可不就是个笑话！

其实把老三"笑话"改成"废画"更妥。

我敬畏母亲，因为她是评判者。

（四）

画画的人善自嘲，常把自己形容为"工人做工""农民种地"之类。这已是高抬了。工人？农民？说实在的，比得了吗？让我说，画画的人像鸭子。表面上看，在水皮上优哉游哉，其实两只脚蹼在水下紧扑腾。"外松内紧"是真实的生存状态。要不然，逢着个大展，齐刷刷地都有佳作问世。昨儿个一同吃酒，相问还是那句"嘻，瞎混呗"。

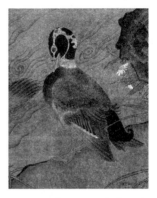

元·任仁发《秋水凫鹥图》（局部）

王羲之爱鹅，自有他的道理，鸭子是鹅的同类。

（五）

平素见到街面上的字，就想对个对儿。那一日见到一则医用广告上有"维他命"三个字就想到对个下联，思来想去得了三个字儿"洁尔阴"，虽说有失风雅，毕竟工稳之极，不禁拊掌自矜。

所以对画家来说，我主张要做"全天候"式的画家，不可画地为牢，作茧自缚，对周遭的事儿多一些兴趣没坏处，能开拓思维空间。一花一叶尚且为菩提世界，何况天地万物俱可贯我胸中，端的可化作烟云供养，兴会因缘。

还有一个无情对儿更来劲：上联是"公门桃李争荣日"，下联是"法国荷兰比利时"。

我没有这么大的聪明，这是抄的。

（六）

日本棋圣吴清源先生写过一本书，叫作《中的精神》。

他说：你看"中"字，就是从中间把"口"平分开，不偏不倚，这就是"中"的精神。所以他下棋就是寻找棋盘上达到"中和"的那一个点，每一招棋都寻着了这个点，棋也就赢了。真是高级！

其实这就是中国优秀传统文化"中庸"思想。是放之四海而皆准的真理。谁参悟了，谁就受用；谁参透了，谁就是圣人。

中国画的内核也是"中和"的精神。

"似与不似"是中和，"计白当黑"是中和，"骨法用笔"是中和；"疏可走马"是弄险，"密不透风"又归于平正。"笔笔有出处"看似偏颇，还有"画赏糊涂笔"又扳过来了。

中国老祖宗那里有许多好东西，做个中国人，幸运！

（七）

叔本华说："天才只不过是最完全的客观性。"这是我见过的给"天才"最精辟的定义。

上初中时，有位同学不爱学习，功课一团糟，从来没见过他练字，可一出手就写一手好字，当时令人惊讶不已。现在想来这就是"完全的客观性"了。这位同学胡乱一写，恰与书道相合，因此在书写上可称之为天才。

我仰慕天才，也期望能与天才同时代为荣，可我深知自己永远成不了天才，充其量是笨鸟一级的苦学派。因为我有太多的主观性，缺乏完全的客观性——无论是做人还是作画。这也无奈，只好郁闷。

新疆吐鲁番阿斯塔那东晋墓壁画（局部）

记得还有一句话：天才的出现是时代的幸事，是天才本人的不幸。

如此说来，自己又幸运了一回。

（八）

"纸笔厮磨"不光是过程，更是一种状态。我醉心于毛笔在宣纸上写过、杵过、滑过、扫过、拖过、刷过、挑过、扭过、涂过、抹过、勒过、转过、滚过的感觉。

中国画已经到了这样的境界：不亲自试一试就不能体会其中妙处——那微微颤动的手感，那墨与水混合渗化的瞬间，那笔笔生发的期待，那浓淡干湿交汇的莫测。非桃源中人，怎知阡陌交通，鸡犬相闻，黄发垂髫并怡然自得之佳境？

所以，要知道梨子的滋味就要亲口吃一吃，爱画者可大咬一口，画画者咬三口以上，则思过半矣。

（九）

王国维的"三种境界"说，标之为成就大事业、大学问之门径，果然是空谷传声。当然这"三种境界"作为美术创作的三个过程亦通。你看，立意阶段不啻是"昨夜西风凋碧树，独上高楼，望尽天涯路"。制作阶段不啻是"衣带渐宽终不悔，为伊消得人憔悴"。定稿完成阶段不啻是"众里寻他千百度，蓦然回首，那人却在，灯火阑珊处"。的确形象之极。

其实许多诗词都有这"三种境界"。就拿李清照《如梦令·溪亭》来说也不差："常记溪亭日暮，沉醉不知归路"，一境也。"兴尽晚回舟，误入藕花深处"，二境也。

清·崔错《李清照像》
藏于北京故宫博物院

"争渡，争渡，惊起一滩鸥鹭"，三境也。

境由心造，会心者自有慧心。

（十）

《浮生六记》云："唯其才子，笔墨方能尖薄。"这是主人公沈三白论第六才子书《西厢记》之语。他说的笔墨当为文笔之意，所谓尖薄当为恣情不羁解。

由此想到中国画，唯其才子方能"解衣盘礴"真性放达。也只有真才子挥毫时疾则如高山坠石，有刀枪剑戟、电光石火齐发之势；柔则如幽潭微澜，有月白风清、飞萤暗渡之境。

画中国画其实就是画的心境和胆识。

（十一）

从前有一位穷和尚和一位富和尚，他们都有周游世界的愿望。于是富和尚大兴土木开始造船，三年过去了，大船还未造好。这天又见到了穷和尚，穷和尚告诉他：已经周游世界回来了。富和尚很诧异，穷和尚这时说了一句意味深长的话——唯凭禅杖一条，钵一只耳。

绘画领域中创作和习作的关系，也颇似这穷和尚、富和尚。当那些步入高等学府艺术殿堂的美术学子们，逮住习作"大兴土木"时，总有那么一些把创作视为终极目的的有心人，凭着一条禅杖——对艺术的执着，和一只钵子——对艺术的直觉判断，而直接投入到创作中去，再通过创作来感受和调整习作角度，在这样一个良性循环中，始终有一份鲜活

五代·贯休《罗汉图》

的体验在跃动。创作为习作建立了一个坐标系，而习作也成
为了有本之木，有源之水。最终是创作、习作双受益。

习作永远是手段，创作永远是目的。

（十二）

陕北民歌"亲不上口口，就招一招手"包含了两个美
学原理：即"得不到的东西，都是好东西"和"距离产生
美"。"亲口口"是感性方式，"招一招手"则为理性方
式，有程度的差别，也有愿望度的差别。

另外，"招一招手"可领会为规范的行为模式。约定俗

成的躯体语言有时比纯粹的语言更能表达情感。画家的任务就是要以灵敏的感知度捕捉到这样典型的形态，让形象生动起来，形象本身就会"说话"，这是基本功。

（十三）

纵观一部《中国美术史》，无出一"意"字：构思要"立意"，造型要"得意"，用笔要"写意"，欣赏要"会意"，非"意"不得其要也。

几千年来继承与创新花样频翻，沸沸扬扬，造就了多少绘画大家！殚精竭虑，引为折腰者统为"造意"矣。当今中国画界流派纷呈，更从国外进口诸技法、诸观点，然"意"字却始终高坐莲台，只见加强之能事，不见损耗之半分。噫！是刀皆有其锋，是画皆有其意，后学者为之奋斗，孰能脱"意"之羁耶？

2004 - 4 - 5 / 于济南瓦泉斋

山东美术还缺什么？

　　这个题目问得好！我们是应该拿起理性的手术刀，以自我否定和自我批判的勇气在文化层面上来一番反思和解剖了。由此我想到前些日子读到的一本书，叫作《山东人还缺什么》，结论是：山东人什么都不缺，正因为是这样，才是最大的缺！山东美术界并没有超出山东人的范畴，我认同书

泰山雪情

中的观点，也认为山东人所具有的美德山东美术界都有，山东美术界的缺失，也恰恰映射出山东人的弱点。

"长子心态"或者"'圣婴'心态"，是山东人的最主要的一个大众心态，"一山一水一圣人"或者"一山两水三圣人"，都在我们山东，经过二千多年的积淀，就成了这方水土最值得炫耀的谈资，也在深层次里影响着我们的思维方式和行为方式。具体到绘画上，就是注重"功夫"，讲究难度，不屑于投机取巧或者标新立异，尊崇正统的绘画理念和按部就班的绘画技巧，忽略观念思辨和思想性，认为那是空泛的和不着边际的空想或者空谈，只关心"怎么画"的问题，不关心"画什么"的问题，结果是画画了出来，很好看，技巧性高，可就是缺乏深度，整体上看，缺乏鲜明的个性，更毋庸谈深刻的思想性了，这也是为什么迄今为止，山东的绘画尤其是几个大画种（国、油、版、雕）一直在全国五年一届的大展中与金奖无缘的深层次原因（水彩画曾得全国大展金牌，除外）。当然，我们画画获奖不是唯一的目的，也不是唯一的评判标准，但是透过约定俗成的标准，找出我们的问题，这才是豁达的心态，才是进取的心态。这是第一点，可以称之为优越感下的创新意识缺失，这是最主要的缺失，要展开说的话，能写篇老长的论文。

我曾经就山东美术界的特点概括为三个"中"字：一个是"中部"，从中国版图上看，山东不南不北，用"地域特点决定艺术风格"的观点来看山东地域特点不明显，因而艺术风格也就不鲜明；二是"中庸"，孔孟文化根深蒂固，一味守成，进而转化成守旧，就是以上谈到的现象；三是"中和"，讲究"笔笔有出处"，不越雷池一步，也是上面谈到的现象。结果都"中"到一块了，不偏不倚了，也就不疼不痒了，四平八稳了，也就波澜不惊了，这应该让我们警醒——优越是优越感的墓志铭，创新才是创新者的通行证。

还有一个严重的缺失，就是缺一个专业的、高蹈的理论阵地，直率地说就是缺一个专业美术刊物。正因为缺了这个平台，我们山东美术可是吃老亏了。看看其他地区，凡是美术活跃的地方，都有一份或几份艺术刊物做保障。一个江苏，一个浙江，一个天津都有覆盖全国的美术报刊，结果怎么样？当地受益，又是推介，又是理论文章鸣锣开道，推出了一批又一批的画家，本来属于二流三流的画家，经过平台亮相，浓妆淡抹一番也就童叟皆知了。相反的，我们有一流的画家就因为宣传不出去，明珠暗投了，太可惜了。更重要的，有了刊物平台，就有了理论阵地，从战略上讲，就能前瞻导向，后推新人，构建一方阵营。过去我们有一个《齐鲁

《山东美术》创刊号（2012年第一期）

画刊》，弄来弄去弄丢了，几十年下来，隐性损失太大了，现在的《书画艺术导刊》固然不错，但仅局限在小圈子里交流，且不能涵盖全部美术种类，所以还是要呼吁要有一个刊物，一个阵地，一个平台，一个硬件，能在全国产生影响的。现在当下所做的事情，似乎开始这么做了，但愿是一个好兆头，能给我们带来惊喜和福音。

山东美术界还缺乏批评的精神。"好面子"是山东人的共性，凡是做展览开座谈会，只"画得好"三个字就可以概括，这仅是浅层面的缺失，更重要的缺失是批评精神的缺失，这里所说的不只是具体的画面优劣评定，更是哲学层面的系统理论建构，就是现在常说的核心价值体系的确立，才是必要的和当务之急。我们山东不乏高水平的画家，但缺乏在全国范围内叫得响的理论家和批评家，这在某种程度上制约和滞缓了山东美术的发展，绠短汲深，也不展开说了。

当然，缺失的地方还有一些，诸如团队精神、协作意识、开拓精神、补台意识、关注现实、学术空气等等，但这些都过于虚化，需要同仁们长期的全方位的努力，才能做得更好一些，所以，上面说了三个"中"字，现在还要再加上一个——"中兴"，才能以求一逞。《国际歌》已经给出了答案："从来就没有什么救世主，也不靠神仙皇帝，要创造人类的幸福，全靠我们自己！"自己的能力达不到怎么办？那只好像《论语》里说的："如其礼乐，以俟君子。"

2011 - 10 - 26
载于《山东美术》创刊号2012年第一期

二、别枝惊鹊

趵突泉。三窟喷涌盛况

趵突复涌十年赋

天下泉城，首瞻趵突，云蒸华鹊，涛震明湖。纳甘霖于万里，穹野皆被；汇清冽于一窍，轮涌三窟。映丽日霞蔚烟柳，掬明月霾匿瑚珠，撄心魄思接千古，历春秋风景不殊。扬扬洒洒，晴空排鹤；奔奔腾腾，朗月闻鸪。汩汩又复十年矣，十年日月复汩汩！

曾几何晦月掩冷，衰草枯塘；沼显龟背，路隐羊肠。游客顿足叹惋，里人结舌莫张。口问心，心问口，指天画地；心问口，口问心，总是无常。寒来暑往，秋收冬藏，脉脉一念难平；惩恩饰非，虹霓安在，悠悠我心微茫。于是追古抚今，痛定思痛，于是吟鞭南指，叱冰断霜；于是上下一心，不舍昼夜，饬整河山，起坲保塘；于是风调雨顺，载言载笑，三峰漪锦，鱼潜莺翔。于是哉和鸣鸾凤，祥瑞七彩，天道无亲，唯善是襄。

十载矣，谈何易！趵突鼎沸，奔涌若雷，翻卷跳珠，砰訇玉碎。盘盘旋旋，跃红鲤于凌波；苍苍茫茫，御仙子而举袂。扶扶摇摇，战玉龙而贯虹；清清冽冽，感鲛绡而盈泪。其春日：绿意扶疏，东君发卉，谁欺花而作冷，见黄鹂又交喙；其夏日：荷擎绿杯，柳垂璎佩，问青萍之风端，响滚雷为惊睡；其秋日：高天流云，黄花遍缀，怅寥廓袖舞白练，临醴泉举觞长啸；其冬日：琼枝弄雪，琉璃乍脆，腾冰火三滏同开，奏欢歌六马并辔。其晴日：台榭辉映，霭霄泽沛，尽逞澎湃意气，飞注激湍叠翠。其雨日：溟雾四合，风云际会，才滴沥以成圆，又倾泼而震聩。其暇日：快绿怡红，展旗引类，忽聚散为留倩影，再喧哗锦鳞聚汇……

更有晨昏即景，移步换形，着意修竹，沉吟老藤。清流飘忽藓苔，芙蕖映掩飞甍。吐纳元风，顾盼流连忘返；触目皆秀，息心暂忘营营。且待华灯初上，风淡月澄。丝竹天籁，琼浆瀹茗，真不知此夕何夕，邈银汉谁为鸿蒙？

走笔至此，属意快情，秋夜流光，时闻鸣蜇。欣闻泉水开节，吾侪畅悦，身在燕山之畔，却分明心在泠泠，遂扪窗作歌曰：

　　　　天赐趵突，天自佑之。人不惜之，天必弃之。
　　　　人若惜之，天当佑之。喷流不息，一方福泽。

2013 - 9 - 17 / 夜于济南瓦泉斋

　　趵突泉2003年9月6日复涌。此赋为趵突泉复涌十周年而作，距该书发稿之时，已复涌14年矣。

某周日"站台"四个画展开幕式，
疲路打油

纷纷笔墨做道场，

真真劳煞臭皮囊。

笑脸相迎鲜花戴，

介绍嘉宾频俯仰。

或站或坐大堂里，

话长话短气轩昂。

天下好辞都说尽，

先走为敬我不忙。

2016 - 11 - 28

废纸咏

都是青檀捶打成，

义结金兰本来同。

只因墨线成溷猪，

揉罢闲抛废纸笼。

或成揎墨涂黑面，

更有裁刀裂素绫。

惜君惜君莫叹命不公，

丹青事业哪有不牺牲？

今日坛坛罐罐被打烂，

明天革命才能获成功。

待到佳作高悬厅堂里，

无忘纸魂伴我秒秒分分钟！

2016 - 3 - 7 / 夜深时

孙爱国《线描人物》

新语打油汇

学霸拼爹打魔兽，

民宿倒逼房限购，

土豪刷客支付宝，

快闪蓝牙楼惜售，

点赞弹幕抢红包，

医闹撞脸小鲜肉，

维稳反腐蛮拼的，

粉丝非遗真人秀。

工匠精神一卡通，

吃瓜群众特长生，

洪荒之力小目标，

精准扶贫绿金融，

全面二孩大班额，

网签刮擦营改增，

一带一路供给侧，

长假拐点神州行。

打虎拍蝇红通犯，

微博微信云计算，

嘀嘀软件包机游，

菜鸟酒驾股熔断，

数码直板手滑屏，

混搭山寨伪基站，

板砖吐槽打酱油，

不明觉厉吮当汗。

2016 - 12

孙爱国《线描人物》

一剪梅·此处清凉

又是伏天暑日长，
何处清凉，
此处清凉。
御泽轩里画拥墙，
消了心忙，
能抚心盲。

烤串炸鸡伴酒狂，
勾得馋肠，
荒了情肠。
莫如暇日再徜徉，
不用商量，
只用思量。

2013 - 7

　　这是为每年夏天入伏之日起在济南御泽轩开展的"此处清凉·六人画展"写的前言。此展在策展人郭宁先生鼎力协助下已经举办了四回。展览同时进行的还有"御泽清凉谭"，针对当下热点话题进行学术研讨，得到了业内和社会的广泛认可。该展也成为口碑尚佳的一个年度展览。

咏　兔

张晓梅剪纸《玉兔捣药》

　　岁交辛卯，不能无诗。诗贵寄兴，是夜感慨良多，于花
炮盈耳间得《咏兔》诗一首。

本自广寒宫里来，
好从今晚跻春台。
三窟枉作狡黠居，
一杵捣出济世材。
堪叹独株成吝守，
谁将边草寄穷埃。
雄雌傍地迷离走，
不与泥龟争徘徊。

呓　诗

昨睡迟，未安。凌晨四时又醒，诗魔适来。口占云：

> 忽如白首岂宜春，
>
> 一宿无眠怪梦频。
>
> 时过四更强闭眼，
>
> 岂非一碗又烧心。
>
> 外环路上车滚滚，
>
> 内室壁间影森森。
>
> 渐次窗前鱼肚白，
>
> 连声呵欠被又抻。

2015 - 3 - 2

游戏·乡愁

小时候，游戏是一张小小的洋画，
你扇这头，我扇那头。
上学了，游戏是滚铁环，
你在前头，我在后头。
下乡了，游戏是打弹弓，
鸟在枝头，我在屋头。
当兵了，游戏是教练弹，
弹扔沟头，我在山头。
后来长大了，游戏成了魂斗罗和三国杀，
儿子有兴头，我却昏了头。
现如今，游戏是读闲书，
看了后头，忘了前头。
再不然，游戏是到老泥工作室，
哈！我的童年，全在里头！

2011 - 9 - 20

这是仿余光中先生《乡愁》诗格，为《张志朴民俗游戏泥塑作品集》写的赞语。

对联应征^{（二副）}

有友小酌时出此上联，刁钻古怪，诸音重叠如累，一时无对。数日后方得下联，差强人意，今录于此，博君一笑。

出联：青青蜻蜓轻轻落在青石上

余对：堂堂螳螂趟趟舞向堂殿旁

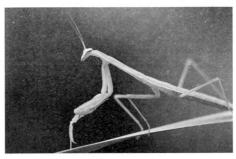

《太白醉酒图》

另：再酌时刘光兄出此上联，余乘兴对之，未能上佳，仅急智耳。

出联：好久未见喝好酒

余对：倾谈开怀醉倾坛

嵌韦、辛夷之名人联 _{（自撰）}

固求好事问月老[1]（韦）

木有红苞想露申[2]（辛夷）

[1] 唐李复言《续幽怪录·定婚店》载书生韦固
旅途逢月下老人红绳结缘事。

[2] 王维诗《辛夷坞》有"木末芙蓉花，山中发红萼"句；
屈原《九章·涉江》有"露申辛夷"句。

贯简频编孰堪任[1]（韦）

纫楣通窍更有谁[2]（辛夷）

[1] "贯简频编"取孔子"韦编三绝"意，隐韦字。

[2] "纫楣"，屈原《离骚》有"纫秋兰以为佩"句；
《九歌·湘夫人》有"辛夷楣兮药房"句。
"通窍"取辛夷入药专治鼻炎意。

2014 - 9 - 8

三、别梦柳烟

秉笔直书写乾坤

——韦辛夷《鸿蒙初辟》创作20年访谈录

《山东商报》"风雅艺术"专刊主编傅晓燕

20年前，在中国共产党成立70周年之际，一件大幅中国画作品《鸿蒙初辟》在京城亮相，这件作品突破成法，成为亮点，获得一片赞誉。20年后，在今年中国共产党成立90周年之际，美术界和社会依然关注这件作品。本报记者近日采访了该作品作者韦辛夷先生，围绕这件作品的创作历程，再来一次时空对接和聚焦，当年的创作，在今天看来，依然有那么多故事和现实意义。

记者：当年是什么动因促使您创作《鸿蒙初辟》这件作品的？当时的创作环境是什么样子的？

韦辛夷：那是在1991年。当时我们国家大的美术气候是这样的，自20世纪70年代末"星星美展"之后，我们国家的美术面貌出现了前所未有的热闹景象，随着国门的敞开，在引进西方科技和管理理念的同时，西方美术思潮也一并涌进，在短短的五六年时间里，几乎把西方现代美术近200年的各路招数全部捋着"走"了一遍，理论界称之为"85新潮"。一时间流派纷呈，理论观念五花八门，好处是提供了新的理念和模式，由"必须那样画"开放为"原来可以这样画"，这对解除原来僵化美术模式的束缚，作用不可估量，是今天美术多元化发展的催化剂。但是，毋庸讳言也有弊端，就是把人们的"定力"搞动摇了，一时间无所适从了。记得当时有两种理论影响最大，一个是"形式就是内容"，另一个是"中国画已经到了穷途末路"。许多画家摈弃主体性绘画，更不要说主旋律绘画了，人们对自"文革"以来政治标签式的绘画有反感心态，以至于把政治理念和艺术标准对立起来，美术界出现了"小趣味，小丑人，小笔墨，小幅面"的"四小"现象。历史地看，这种现象是可以理解的，但如果一味地这样走下去，也会缺失很多东西。

1991年恰逢中国共产党成立70周年，中宣部、文化部、中国美协共同举办了"庆祝中国共产党成立70周年美术作品展览"，政治标准和艺术标准和谐统一成为这个展览的指导方针，其目的，是对当时的美术思潮的一个回拨和定位，也就回答了如何把握形式和内容统一的问题。客观地说，那是一次应主旋律之名、艺术水平很高的一次画展，画种类别齐全，各省经过层层严格甄别评选，最终有500多件作品晋京参展。因为十多年不搞主体性绘画了嘛，许多活跃在当下的画家就是在那次画展上脱颖而出的。就是在这样的大背景下，我也决心试一试。

记者：建党题材可谓是点多面广，您为什么选择这样一个历史节点来创作？

韦辛夷：人们一提建党题材的创作，立即会想到"上海一大会址"或是"南湖的船"，这两个题材当然非常重要，但是被各种艺术形式表现得太多了，难有突破。我搞创作，在选题阶段习惯于沿着定向思维、逆向思维、侧向思维的方法依次递进，直到推不动为止。这次创作也是这样，第一思维就是画"一大会址"和"南湖的船"，往前递进就很容易想到既然是开会，就得筹备会议啊，当初是如何动议的？查阅了党史资料，寻到了陈独秀、李大钊骡车上相约建党这个节点，让我很是震动。

记者：看得出您创作这幅作品手法很新颖，即便是20年后的今天，依然很打动人，您为什么用喷绘的技法，而不是用传统的笔墨的技法？

韦辛夷：这个问题问得好。当时创作这件作品时，我学习中国画刚刚入手，距在山东艺术学院美术系文干班毕业不到一年时间，因此对笔墨的驾控能力远远不够，我就避实就虚，采取了剪纸喷绘的方法。现在看来，方法是对头了，而且这个题材很适合用喷绘的手法，能制造出神秘、迷蒙的效果。在画面的结构上，我还采取了隐喻的手法，比如说，整个骡车的外形就是按李大钊的头像来塑造的。不点明的话，可能看不出来，这可能受了《红楼梦》草蛇灰线手法的影响，这算是在绘画上的一次试验，这样结构画面，可以从天、地、人三个层面突出主题。

记者：请您谈谈这件作品评选前后和展览过程中的情况。

韦辛夷：这件作品获了铜质奖。当年山东省有三件作品获奖，一件是陈国力先生的油画《丰碑》，一件是曹昌武先生的油画《江南花灶》，国画就这一件。当年国内专业美术刊物、各大报刊都做了报道。

这件作品在评选和展出时有两个插曲，现在看来依然挺有意思：一个是往全国推选作品时，省里差一点儿没有选上，原因就是画了陈独秀，经过评委反复斟酌才勉强送到全国（你可能不理解，这在当时的政治环境下是要承担风险的）。作品展出后不久，一部献礼影片《开天辟地》恰恰浓墨重彩地展现了"南陈北李，相约建党"的史实，与我的画的情节相吻合，这也是从另一个方面对这件作品的肯定。第二个插曲，待我画好这幅画后曾对一位前来看画的朋友半开玩笑说，这幅画不选上便罢，选上了就会挂在正厅中间，朋友说我吹牛。要知道，这可是十余年没搞主题性画展了啊，全国不知有多少人在忙活这件事呢，而我又是刚刚转入中国人物画不久，朋友的质疑也是有道理的。但是果不其然，这件作品在北京革命历史博物馆展出时，就是挂在正厅的中央。后来朋友问我，你是怎么判断的？我说这很简单：我画的是开"一大"会议以前的事情，筹展方怎么好往后挂呢？又因为这幅画是用黑绫子裱成的大幅立轴，挂在边上看着不均衡。

记者：您曾说这件作品与您很有缘分，这背后还有怎样的故事？

韦辛夷：作品展出后，受到美术界和社会的关注，展览刚刚结束，紧接着"全国人物画创作座谈会"在北京中国画研究院（国家画院前身）召开，我的这件作品就应邀参加了为配合会议的学术交流展，同时邀请我参加了座谈会。就在这次会议上，第一次遇到我的业师刘国辉先生，也是因为这幅画，第二年我有幸成为我国首个高研班成员，即由文化部特批浙江美院（中国美院前身）首次试点，由刘国辉教授主持的"中国人物画高级研修班"。学习期间我尝试用不同的表现手法创作了《在那个夏天》《灵山法会图》《马陵道》等探索性作品，受到好评。

记者：在庆祝中国共产党成立90周年之际，回首20年前的创作您有怎样的感受？

韦辛夷：风风雨雨20年过来，自然感慨良多，现在的政治环境比当年宽松了很多，包括对党的历史的一些讲述也更加公允客观了，这次许多老话重提，并不是恋旧，而是觉得依然有它的现实意义。比方说，关于主体性绘画如何寻找切入点问题，如何避免标签化问题，如何遵循艺术规律问题等等。历史题材都是相同的，画家各有各的角度和方法，关键看谁发掘得更深，谁的技艺更精湛。20年过来了，对"中国画穷途末路"之说也早已尘埃落定了，自不需再多赘言。

2011 - 6 - 22 / 夏至

本文刊载于2011年6月27日《山东商报》D4版"风雅艺术"栏目

以读书对抗精神的荒芜

——韦辛夷国画《拾荒者》简析

《济南时报》"艺周刊"主编臧文涛

一个国家、一个民族，"集体无意识"不读书会怎样？

一个国家、一个民族，"集体有意识"读书又会怎样？

物质和精神哪个更重要？——尤其是中华民族正在崛起的今天。

韦辛夷用一幅《拾荒者》，向所有人抛出了严肃的诘问。

这幅作品甫一亮相，就备受好评，入选第十二届全国美展，并成为全国美展上为数不多的写意人物画力作。作品以其高远的立意、平中见奇的构图、极具表现力和学术价值的笔墨，引起业内人士和社会的高度关注。

韦辛夷以中国画大创作闻名于画坛，《鸿蒙初辟》《马陵道》《灵山法会图》《广陵散》《蓄须明志》《小岗村之夜》《大地之子》《闯关东》等经典作品，既是他辉煌的艺术印记，也是他需要跨越的一个又一个高度。而他总是以独具眼光的题材和天马行空的艺术灵感，一次次给美术界带来惊喜。

这一回，韦辛夷又以时代风气的先觉意识再次叩准了时代的脉搏。

一个拾荒的老人，一杆称废品的秤，一身破旧的衣服，一脸专注的神情。

他在做什么？

他在读书！

仔细一看，这应该是书店里最僻静的一个角落，因为放置消防栓而留出的一个狭小的空间。或许只有在这里，这位拾荒老人才有一点安全感。然而，他小心翼翼捧着书的僵硬手型，还是让人看出了他微妙的紧张和自卑。尽管如此，从专注甚至可以称为虔诚的表情来看，他还是被书的内容深深地吸引着。对他来说，买回去看或许属于奢望，那就偷得浮生半日闲，先在这里看个痛快！

看上去这么简单的一幅作品，为什么能带给观者心灵的震颤？

好的文艺作品，一定要体现艺术家的社会责任，一定要有批判现实的价值取向，一定要有对人民大众尤其是底层人民的悲悯之心。

这些元素，《拾荒者》都做到了。

中国是文明古国，文化源远流长，几千年文脉延续不断，在世界文明史上都堪称独一无二的奇迹。然而，对文化的重视，对读书的倡导，在历史上也多次走过弯路——

焚书坑儒太过久远，我们暂且不提；"文革"的"读书无用论"也早被扬弃，成为历史。"文革"后的20世纪80年代可以称之为读书人的黄金年代，喜欢读书的人空前增多，诗歌、文学、美术在人们心头崇高而神圣。随着商品经济大潮迅猛掀起，物质文化需求放在了主导地位，精神文化需求

似乎退居到了次要位置。发展到今天的手机时代，低头族越来越多，无论在饭桌上、沙发上、公交车里，一直捧着手机刷个不停，碎片化浅阅读越来越多，专注并系统读书的越来越少，国民阅读率低得让人尴尬。物质生活确实丰富了，但精神生活跟上了吗？从某种程度上说，如今社会上常见的浮躁和戾气，与精神的荒芜密切相关。

今年全国"两会"上，李克强总理发出呼吁，希望全民阅读形成一种氛围。他提出，"书籍和阅读可以说是人类文明传承的主要载体""用闲暇时间来阅读是一种享受，也是拥有一种财富，可以说终身受益""把阅读作为一种生活方式，把它与工作方式相结合，不仅会增加发展的创新力量，而且会增强社会的道德力量"。读书成为"两会"的热门话题，一方面是国家高层领导的重视，另一方面也说明问题的普遍性和严重性。

这番话引起社会广泛共鸣，也证明了韦辛夷作为艺术家的敏感性和前瞻性。

以上谈的是《拾荒者》社会层面的意义。从中国画的艺术角度来看，《拾荒者》同样具有重要而独特的价值。

中国人物画从历史走到当代，可以说走到了举步维艰的困境。徐悲鸿、蒋兆和等倡导中西结合，把西方美术的素描等基本功引入中国美术教育体系，成为人物画创作中最主流的"徐蒋体系"。这个体系培养出了众多优秀画家，产生了一批优秀作品，但也一直备受争议——人物画的创作越来越西化，中国画独特的审美到哪儿去了？

韦辛夷延续了他在《闯关东》中已经大获成功的笔墨探索，并在《拾荒者》中有所拓展。《拾荒者》以难度极大的线性笔墨结构画面，近距离观看局部时会发现，整幅作品全都由长短粗细不一的线条构成，这使得作品极具表现力，却并没有一般写意人物画"擦炭像"式的死板，人们惊奇地发现，纯粹的中国笔墨，也可以创作出有塑造感、震撼人心的现实主义作品；与《闯关东》相比，《拾荒者》的手法更加率性而自信。这固然与题材不同有一定关系，但也说明韦辛夷在写意人物画领域多年的探索已经到了挥洒自如的成熟期。

"拾荒者"既是身份表达，又是精神诉求，表现了非常"接地气"的典型生活瞬间，体现了艺术家对典型事件、典型人物、典型动态的捕捉能力。作品在蜷缩的形体和专注的神情中昭示情感的外拓；在隐喻和反讽中包含深切的忧患。

在春风化雨、润物无声的意境中唤起人们的思索和自省，是一幅"有筋骨、有道德、有温度"的优秀作品。

人人都读书，才有社会的文明和进步。

人人都有梦，合在一起就是"中国梦"。

2015 - 4 - 16

本文刊载于2014年10月24日《济南时报》C1、C4版"艺周刊"栏目
2015年4月24日《大众日报》"大众书画"第12版

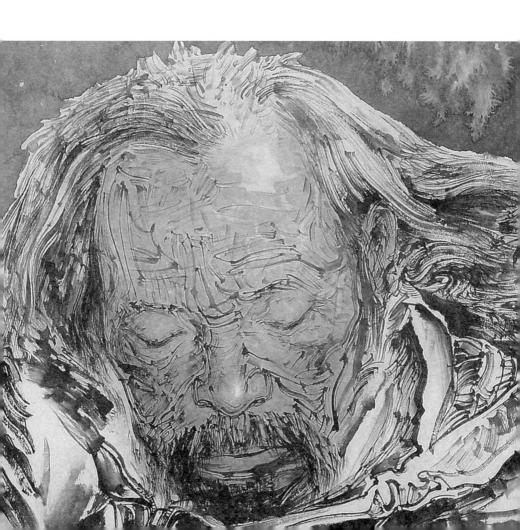

《苟坝的马灯》（335×200cm·2016）

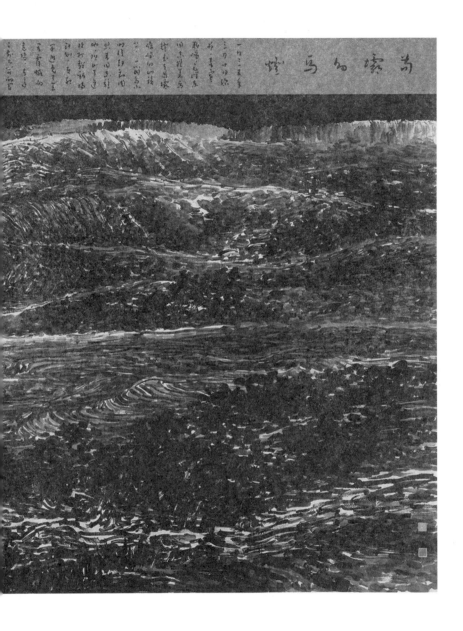

暗夜里的那簇光

——韦辛夷新作《苟坝的马灯》观后

《济南时报》"艺周刊"栏目主编臧文涛

地，黑沉沉的地；天，黑沉沉的天。

黑的山，黑的水，黑的路……黑得几乎什么都看不清。然而，一簇光闪亮着，在暗夜中格外耀眼。仔细一看，原来是一盏马灯。提着马灯的人，忧心忡忡，神色焦急，一绺头发被风吹起，可以想象他步履的迅疾。是谁在山路上提灯夜行？高大的身躯，宽广的额头……这位夜行者越看越熟悉，对，毛泽东！

这个人，就是长征时期的毛泽东。这幅画，就是韦辛夷最新创作的《苟坝的马灯》。

今年是红军长征胜利80周年，很多艺术家也在进行长征题材的创作。应该说，长征题材不是一个新鲜的题材，善于思考的韦辛夷却给我们制造出了新感觉。如果说长征的题材有一万种，《苟坝的马灯》肯定是第一万零一个选择。马灯虽已消失多年，但大家毕竟都还认识。苟坝？相信绝大多数人跟我一样，苟坝是什么？

看了韦辛夷为画作题写的诗堂，我们才明白，苟坝竟然是一个这么重要的地方——"一九三五年三月十日深夜，春寒料峭，毛泽东同志提着马灯走在苟坝崎岖的山路上，一个多小时后，赶到周恩来同志驻地，阻止了进攻打鼓新场计划，使红军避免了全军覆灭的危险。在这之前召开的军事会议上，毛泽东同志的正确意见被否决了，出于对党和红军的高度责任感，才有了毛泽东同志手持马灯夜行这一幕，才有了第二天成立以毛泽东同志为首的'新三人团'，才使得我们党和红军实现了战略大转移，才有了从胜利走向胜利。苟坝马灯，光照千秋！"

读完诗堂再看画，感觉那簇光越发明亮。

韦辛夷又一次以"情理之中，意料之外"的艺术效果，完成了一幅主题性创作的佳构，也又一次引发我们思考选题立意的重要性，以及题材与艺术手法之间的关系。

主题性创作是对艺术家全面功力的巨大考验，平庸与优秀之间，似乎有不可逾越的鸿沟。其中，知识的储备、思考的习惯至关重要，甚至比技法更关键。用韦辛夷的话说，创作有三种思维，定向思维、逆向思维和侧向思维。定向思维是大部分人的选择，逆向思维也被一些人青睐，而侧向思维往往成为盲点，而侧向思维恰恰是四两拨千斤的思维，是一滴水见大海的思维，在创作中往往起到"奇兵"的效果。

拿韦辛夷自己的几幅代表性作品来说，建党题材的《鸿蒙初辟》，没有选择南湖里的画舫，没有选择上海"一大"会址，而是选择了李大钊与陈独秀在骡车里会晤的场景；抗日题材的《蓄须明志》，没有选择硝烟弥漫的战场，没有选择领袖的运筹帷幄，而是选择了留起胡须拒绝为日本人登台的梅兰芳；这幅长征题材的《苟坝的马灯》，没有选择惊险的飞夺泸定桥，没有选择胜利大会师，而是选择了一个罕有人知却极为重要的瞬间……侧向思维，在这几幅作品中起到了决定性的作用。

当然，选择了一个好的题材仅仅是一个好的开始，要想创作一幅成功的作品，还需要高超并且恰当的技法，才能保证这幅作品的完成度。

我们回到这幅《苟坝的马灯》。

韦辛夷近年来对中国人物画笔墨的探索，在《闯关东》《拾荒者》等作品中已经展现无遗。而在《苟坝的马灯》里，韦辛夷出人意料地把人物缩小，重点放在了环境的渲染、气氛的营造上，用墨厚重，用笔泼辣，甚至有观者开玩笑地问他"怎么改画山水画了"。远观此画，的确像一幅精彩的夜山图，但仔细揣摩后发现，其实所有的山、所有的水都是为了烘托气氛。激流险滩，漩涡暗涌，黑云压城，道路险恶……这些元素，把画中人物所处的环境、情感的背景都做了恰如其分的铺垫，让观众更加容易理解主人公的处境和情感。这是一种更加高级的人物画技法处理。而画面的主人公毛泽东，韦辛夷用寥寥几笔表现了出来：风吹起的头发，右手提着的马灯，左手抓着的帽子……举重若轻，十分传神。技法是为主题服务的，根据不同的题材，采用不同的技法，创造不同的意境，最能体现画家的功力。从韦辛夷近几年的几幅作品来看，已经到了得心应手、挥洒自如的境界，用他自己的话说，"画到最后，不是你在画画，是画在画你"。

《苟坝的马灯》最难能可贵的一点，我放到最后来说。

表现领袖人物的作品，在中国经历过极为特殊的时期。

脸谱化、概念化的元素比较多，高大全、红光亮，总是有看不见的框框束缚着创作者的思维，比如领袖必须占据画面的主体，必须表现正面形象等等。时至今日，早已不再是那个贴政治标签的年代，但这个领域的创作依然在延续过去的思路，人性化、情感化的因素依然被有意无意地忽视。《苟坝的马灯》里，我们所看到的毛泽东，是一个有血有肉、真实可感的人物，是一个跟我们一样有喜怒哀乐的普通人，然而这丝毫无损于他的伟大，反而让观者为他身处逆境依然执着争取的坚忍所打动。当然，能驾驭这类题材，必须对历史有着准确的认识，对领袖人物有着深刻的理解。这就要求作者要有深厚的知识储备，当然，还要有艺术家敢于担当的勇气。

苟坝的马灯，光照千秋；《苟坝的马灯》，值得喝彩！

2016 - 10 - 14

本文刊载于2016年10月14日《济南时报》"艺周刊"

《稷下学宫》在创作中

代跋/丹青中的人文变奏

——我眼中的韦辛夷和他的画

郑训佐

　　初识辛夷兄，首先使我感到惊讶的是他的藏书。只要踏入燕子山下那座幽静的院落，走进那套实际上并不湫隘的单元房，你马上感觉到闯入了一个由书籍垒成的世界，而房屋主人作为画家所拥有的空间，被缥缃之海淹没之后，倒反而可以忽略不计了。高大精致的落地书橱展示了辛夷兄数十年的收藏之路，当然，也展示了他数十年精神憩园所收纳的——作为烟云般供养的经典元素。其涵括的范围涉及人文学科的所有类别，既有系列的古代作家的别集，也有古代的大型丛书、类书，既有世界传统文化经典，也有能够反映当今文化思潮的前沿著作。如稍仔细浏览，也许还能发现，即使在专业学者的书橱中也未必找得到的奇书珍籍！

　　但更令我感佩的是书的主人对他的珍藏所付出的那份简直有些匪夷所思的爱心。天下藏书者多矣，但正如常言所云："书似青山常乱叠"。笔者颇出入过几位藏书家的住所，卧室，客厅，甚至厕所都为书籍所占，一些区间已蛛网尘封，书籍藏身其中真不愧一个"藏"字。置身这样的

书房一角

藏书室，你最好不要有目标地向主人索看某书，因为这很容易引发"只在此山中，云深不知处"的尴尬。但进入辛夷兄藏书室，不仅能使你眼睛一亮，整个人的精气神也会为之一振。即使于扬沙的春天，你也很难在这里发现灰土的痕迹，窗明几净，纤尘不染，成了定格。一些封页残破内页亦多为虫蛀的旧书，皆精心整治，触手如新。因此，橱窗中几乎没有一本书是损坏的，哪怕是边角卷曲的！辛夷兄的令尊生前也爱好书画艺术，留下了一些写在旧报纸上的手迹，辛夷兄则一一用熨斗熨平，装上封套，按年代陈列在橱中，这一份深意已远远超出了对文献典籍的护佑之心，而涵容着由慎终追远的传统伦理焕发出的虔诚而澎湃的情愫。因此观瞻辛夷兄的藏书，你固然钦羡于他所涉猎的文化领域之深广，但那伴随着卷帙的清芬飘逸而出的精神的痴迷，还有在痴迷中沉淀的洁净透明，更让你感佩不已！走笔至此，我甚至能够想象，当窗外的青山沉沉睡去，辛夷兄手持刀剪纸尺，于他手制的桌灯下如护理婴儿般打点他的珍藏，这个沉醉的身影，已骎骎乎入于澄明之境。是的，"盛世收藏"这句话已近乎一句善颂善祷之辞。这种收藏中有珍宝玉器，直至今日一些人不是仍以拥有几块品相佳美的和田玉为时尚吗？如果颈项下无一块籽料，大概便会失去些许身份。因此，觥筹交错、酒酣耳热之时，以此相炫便成了一大景观。有收藏名人字画的，但齐白石、张大千、黄君璧在藏主眼中已多不是传统绘画巅峰的象征，而只是纯粹的商品，是天文数字的标志。与以上二端比较，藏书则居其次了。即便如此，情形也是天壤悬隔。至今许多书店还另辟一个精致的处所，专门陈列那些尺幅巨大、设计奢华、印刷精美的书籍，以供富豪们居家装点，这真应了那句名言："装点山林大架子，附庸风雅小名家"。而出于"拥趸"之心介入收藏的也大有人在，因此往往不拘粗精，更无明确目的，只是照单全收，求其大而全。书籍一旦进入他们的书橱便如坠入万劫不复的苦海，只是被深深地雪藏，永无复旦之日。但辛夷兄的藏书生涯既成了这个济南文化圈著名"宅"男的"宅"的日常生活方式，更是他人格风度以及与之相应的绘事的重要依凭，它像一个支点，使辛夷兄的双翼在文化与艺术之间回旋升腾，扇动起活力无限的长风；而当这股长风与辛夷兄的阅历相遇合，

在部队时绘制幻灯片

又能演绎转化成一番经世致用的情怀。

辛夷兄曾经插过队、当过兵。前者是他在人生的尘埃落定之后，感悟到了病蚌成珠的沧桑；后者则使他在经历了史无前例的"先军"时代后，仍存有一份男儿的血气——担当与放达。其实，病蚌成珠几乎是所有亲历了"文革"的社会精英们的共同命运，但这个"病蚌"如没有其他人格因素去化解，哪怕是文化巨擘，在心态上也很难脱略"怨妇"情结，或"愤青"模式，因此我们发现，知青群体的聚会有时很容易演变成一场忆苦会和声讨会；而一涉及自己的遭遇更极易将整个社会看成自身的对立面，仿佛成了惊涛骇浪中无助的孤岛。这实际上是病蚌成珠之后，又陷入另一种状态的"病蚌"，它在根本上偏离了正视苦难是为了超越苦难这一人生命题，因此只能无限地持续生活的悲剧性。但辛夷兄的人生状态却是另一番景况。与之交谈，你会为他超常的记忆力所折服，如可以将所谓"老三篇"、样板戏唱词等"文革"红色经典倒背如流，对那特殊时期所经历的典型的人和事如现场般还原，但这一切皆是轻松道出，且不时伴以谐谑。因此，一番嬉笑之后，便似抹去了一层年久的积尘，虽然是令人心痛的陈年余烬，但已不留任何痕迹，窗外的阳光依然明媚，抑或屋内华灯依然烛照四

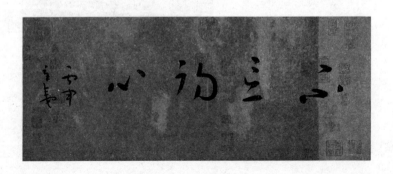

围，人生虽在悠然的怀旧的时光中流淌，但过去与此在已拉开距离，隔着一层楚河汉界。那么到底是什么力量使他虽历尽沧桑，却能保有这一份难得的超然或喜剧化的人生状态？我想，除了禀赋外，出身于军人家庭和为时不短的军旅生涯应是不可忽略的因素。辛夷兄令尊是经历过战火的军队干部，且风度儒雅，颇近文翰，这使他自幼就不会有文化和人格成分的缺失。列入行伍，其阳刚的气质则愈加强化，军人的敢于直面强悍、勇于担当、豪放洒脱等素质，如盐溶于水中，慢慢地侵入到他的精神世界。这使他在进入某一种社会角色的时候，也许会比一般人付出更多的情感甚至血性，可一旦退出情境，又能在情结上毅然与之作别。这大概就是所谓的"拿得起放得下"——一种在军人身上体现得最淋漓尽致的性格。辛夷兄长身玉面，貌若好女——哈哈，这使我想起《史记》中对谋臣张良的描述——这与以上所述正好形成鲜明对照，也应了一句成语："以貌取人，失之子羽。"因此，与辛夷兄一起或茶或酒，是最快意的事情，即使你当日有天大的不快，听了他的几则笑谈，也会涣然冰释。所以，即使群彦聚集，只要有他出场，便谐趣横生，皆大欢喜，永远不要担心有"一人向隅，举座不欢"的尴尬。因此如果以古之东方朔喻辛夷兄，也许会招来齐大非耦的非议，那么较之淳于髡，则应几近之了，不信，看他《提篮小卖集》一书中的片断："——说来可笑，这大半辈子都跟纸打交道。——您是造纸厂的？——不是。那您是？——俺是画画的。——画画的？画美术啊？以前有个相声，里面就有个画画的，总穿个大裤衩子，像不像你？——你看着像就像。大裤衩子有啥不好？宽敞，不勒得慌。——怨不得你是画画的，还真是有造"旨"。——咳！弄了半天俺还是个造纸厂

《灵山法会图》（370×320cm·1992）

《马陵道》（360×295cm · 1993）

《稷下学宫》（270×530cm·2016）

《百家争鸣》（270×530cm · 2015）

《孔子观敧图》（180×95cm · 2016）

的。"包袱如相声，让人忍俊不禁。

但如果完全停留在轻松的调侃与戏谑上，那就如一般意义上的戏剧演员，其娱乐性要远大于讽世性。当我们打开刚才提到的《提篮小卖集》一书，便又出现了另一个意义层面上的韦辛夷。书名起得妙，用的是红色经典中的经典唱词，这使我想起了陈徒手的两本书《人有病，天知否？》《故国人民有所思》，其名皆出于伟人诗句，中有春秋笔法，但只可意会。辛夷兄的这个篮子里用他自己的话说，装的是"香烟洋火桂花糖"，看似戏谑，但六十年代往上出生的人只要听到这一句，温馨而又苍凉的旧时光便会穿越而至，其历史情味大约远不是其表层意义所能涵容。再看看内文的类别，更意味深长了，皆由"船"切入，是的，人世本若泛舟，在无限的时空中载浮载滞。因此，以"道"的目光观之，庄子有"螯舟"之叹，以世俗的视角描述，张岱有《夜航船》之作。至于辛夷兄，则又分出"出得门来便入船""又抱琵琶过别船""曳足何人与共船""杨柳风横弄笛船""红树青山好放船"等不同的人生景况——尽管这种景况或由游记、或由生活感言、或由绘事漫笔曲折地投射出来，但都体现了对社会伦理性的关注，对自身生活状态的思索，对艺术富有良知的关怀。如《砚语集絮》一文："很多时候，黑的是最亮的，白的是最脏的。""当女人对男人说，你真坏，这事成了；当男人对男人说：你真坏！这事儿完了。""晃一晃儿到了怀旧的年纪，我始终认为怀旧不是感伤，而是资格。"再如与其画家身份相关的《画余余话》："纸笔厮磨不光是过程，更是一种状态。我醉心于毛笔在宣纸上写过、杵过、滑过、扫过、拖过、刷过、挑过、扭过、涂过、抹过、勒过、转过、滚过的感觉。""唯真才子方能解衣盘礴、真性放达。也只有真才子挥毫时疾则如高山坠石,有刀枪剑戟、电光石火齐发之势,柔则幽潭微澜,有月白风清、飞萤暗渡之境。画中国画其实就是画的心境和胆识。"这些感言有的与人生直接相关,有的虽非直言,但弦外之音亦甚扣人生要义。一言以蔽之,辛夷兄的"载道"之心如泼剌于深潭的游鱼,清晰可见。这是一个十分重要的理念世界,它的花木葱茏、竹韵泉声,制约着感觉的深浅、淳薄。由此而不能不想到目前的画界,一些画家几乎在文化和伦理的失语状态中创作,其甚者在前卫的口号下彰显情色,所作已与春宫无异,乃至比传统春画还要浅俗。其庸者则在草木虫鱼的旧题材中讨生活,只是"影子画家",有的大概连"影子"也算不上。但说到底,绘画为中国的传统艺术,固然有其赏玩的性格,但同时也承担了人文表象的角色。因此,从一朝风月中能领略万古虚空,从山川流泉中能聆听心的天籁,从鱼鸟的影像中读到来自人世红尘的搏动,所以,倪云林荒滩水涯有了故国的残破,八大山人的枯荷成了执拗遗民的灵台清供。这种以画写心,乃至进一步使画成为干世的利器,便成了画界精英们的第一关怀。陈师曾的《北京风俗图》、蒋兆和的《流民图》、张乐平的《三毛流浪记》皆是体察社会众生相的窗口,因此而不被历史忘却,其影响不仅限于画界,已辐射到了社会政治史等诸多领域,丹青之笔居然攀起了一点不弱于文学、历史、哲学所承担的深刻的思想容量,这已经不是画之经典,而是融政治与文化一体的复合性经典。从某种意义上说,这才是传统绘画的第一要义。统观辛夷兄绘画题材,山川草树花鸟虫鱼人物仕女皆拢于笔下。也

在海南岛千年古盐滩写生

许因为我的职业属人文科学，因此本能地偏爱他的一些社会性格或文化性格突出的作品。但更重要的是如果联系辛夷兄的阅历，以及涵养他的那一份藏书读书的功夫，这一题材对之而言，可谓适得其人，只有在这个领域，他的学识和才华才能珠联璧合，以最富人文穿透力的笔致挥洒出难以抗拒的诱惑。

这大概就是俗话说的"大制作"，其实真正的"大"并非指场面之大，而是意味着绘画的意象以及由此构成的意象群的所指是一个巨大的"场"，它既以强大的吸附力收纳历史烟云，又以深刻而又明晰的语言阐释历史情节，从而形成一个广大的接受群体。这是真正的"大"与"大"的媾和，因此才能焕发出生命的澎湃之声。辛夷兄的这些"大制作"早期以《灵山法会图》和《马陵道》为代表。《灵山法会图》属于宗教题材，这对在唯物主义哲学环境中成长的"50后"而言，本然地存在着必须完成的价值转换的环节，否则大约只能永远在彼岸遥望虚无缥缈的"灵山"，而无缘亲历其境，作一番真实的艺术还原。辛夷兄的这幅作品则以独到的语言对灵山法会中"世尊拈花，迦叶微笑"做出了别解。本来一切皆发生在静谧幽深之中，以一"拈"一"笑"这玄学化的哑谜和默契构成了故事的全部。但辛夷兄的思路似乎反其道而行之。世尊端坐，拈花以示，引起的反应并不是"心有灵犀"默应，而是近乎世俗的喧嚣——灵山旋转，衣袂旋转，而在这旋转中跟着旋转变形的则是释迦弟子们的那一张张已被人间化的脸庞。无疑，这是一种消解或解构。正是通过这种方式，佛教的一个重要分支禅宗的精义在更高的层次上得到了把悟——如"道在屎溺"一样，红尘中也可以飞出佛号禅音！《马陵道》则是历史题材，在性质上正好与"灵山法会"形成了对照，一扬善，一明恶——展示战争的残酷性，正如辛夷兄所引毛泽东的诗句："流遍了，郊原血！"画面定格在庞涓自刎的一瞬，色调则以黑色为主，辅之以白色，而这两种颜色本身就有着某种文化隐喻，即死亡。因此，当作为主调的黑色以量的绝对化优势映入人们的眼帘，马上会感受到一种由历史深处渗出的来自于人性恶的黑色的力量的挤压，而当这无可化解的压迫感，与庞涓胸前一抹残阳般鲜红的血，形成一种富有凹凸感的对比，死亡这个普遍性命题便在特殊的情境中得到了淋漓尽致的演绎——它让你无可回避，只能由作者的笔触的牵引，走向历史深处，倾听人性邪恶的钟声铿锵而鸣！

　　近年来，辛夷兄参与了山东省重大历史题材美术工程，创作了巨幅中国画《闯关东》，然后又乘势而上，进行了中华优秀传统文化历史题材《稷下学宫》的创作。《闯关东》

是与山东人开发东北有关的历史题材。自从《闯关东》电视剧一炮走红，山东人的这一冒险生涯便家喻户晓。但实际上闯关东不仅与齐鲁相关，同时也涉及河北、山西、河南、皖北、苏北等地区，这个"闯"字的真实含义也远超出它的字面。这是一次人力资源与文化的空前的大转移，也是一次悲怆的历史告别。虽说关东土沃，但毕竟辽远荒寒，因此迁徙者绝不是如汉时由丰地移入长安附近的富户，而是处境艰难的平民，他们的冒险意味着也许在原已艰难的生活中多一份苦涩，甚至无助的绝望，一些"山东村"的出现就不是一般意义上的守望相助，而是包含了拒外、守根等复杂的文化内涵。了解了这一背景，再将目光延伸到辛夷兄的画作上也许就不会流于皮相化的观察：山海关，这个曾经是中国王朝更迭象征的城楼，被紧紧地锁在阴沉的天幕上，关前的人群又分作三组不同的角色，一在休憩，一在准备启程，一在闯关。最使我们心情凝重的则是第二组，这些如果着色脸膛肯定会是枣红色的高大的山东汉子，正站立在关前，目光直视前方，他们的沉抑告诉我们，他们在以心灵和生命与故土作最后的告别，这份粗糙但又本能的乡土情，以这样一种姿势定格，便有了一种纯绵裹铁的力量。

《稷下学官》则展现了中国古代士大夫文人思想层面理想国的真实情形。"百家争鸣"不仅是一个历史范畴，也是一个穿越历史、历尽沧桑的概念，有时是可感的图景，令人动容；有时只是一个口号或托词，实质内容完全与之相悖；有时则是一种美好的期待，如张衡《四愁诗》所云："我所思兮在泰山，欲往从之梁父艰！"因此，直到今天知识界一涉稷下学官便油然而生思古之幽情！这个由齐国官方主办，融政治和学术于一体的机构，汇集了当时知识界的贤士如孟轲、邹衍、慎到、申不害、鲁仲连等，尤其荀子，曾三任祭酒。在那个"得士者强，失士者亡"的士人的纵横时代，这些历史精英们舌卷风雪，粪土王侯，指点江山，将士人的风范、骨气、功能演绎得轰轰烈烈，鬼泣神惊！其情形很让人想起古希腊时期思想奔放的时代！看吧，那俯案微笑者应是祭酒，而在他面前正有二人在激辩，他们身旁的那位神情肃穆的站立者似乎是位辩论的执法者，而画面四周的场景则完全是另一番情形，人们或观望，或犹疑，或四顾左右，或三五成群地交谈，是大沙龙中的小沙龙。整个空间有静有动，静者是理性的制约，动者是性灵的自由，这正传达了"百家争鸣"时代特有的双重性格。因此，此画虽然不像文史哲那样有明晰的形而上的语言，但它的立意之深远，指向之宏阔，能使我们翱翔于感性与理性之间，作一番历史的巡礼！的确稷下题材是有关文化史尤其是齐鲁文化的主题，其价值不言自明，目前学界尤其是山东学界对之也颇为关注，但在绘画界却是辛夷兄第一次并且相当

《闯关东》（295×585cm·2013）

成功地还原了这个历史场景，其原创性必使它进入当代画史！

也许是意犹未尽，当以这种文化关怀关注目下的世态，辛夷兄的视角便体现了独特之处，其标志是《拾荒者》的诞生。这幅作品曾入选全国第十二届美展，好评如潮。画面截取了作者亲历的情境：

在汶川地震灾区搜集素材

一个以拾荒为业的边幅不修的老人正在书店一隅席地阅读，神情之专注不亚于在整洁的书斋治学的学者，你可以因此猜测，他是一个少年失学白首而悔的坎坷者，抑或是文史爱好者？不管如何，有一点可以肯定，这是一位生活在底层的老人，虽不富有，但那双饱经忧患的双眼并没有留意红尘中飞驰的宝马香车，而是聚集到一本厚厚的书上，寒俭的外表与并不寒俭的精神世界形成了鲜明的对比，因此便生成了一种人生的傲兀，亦复生成了艺术的奇崛！这其中无疑透露着讽世倾向。且不说商品意识、功利人格对人文精神的消解，即使在学者群体，治学的途径也在悄悄地发生变化。笔者就曾听一位颇有些名气的文艺批评家私下说，现在写文章只靠电脑、网络、微信，而几乎与纸媒绝缘了。这种描述如就一般性写作而言，也许不错，但置于纯学术研究的语境中，则不能不使人内心生疑，而有取巧求捷之叹！结合这种每况愈下的文化凋零，再将目光回到画中老人手捧的书卷，怎不浩然喟叹。当然，缘作者之心，辛夷兄创作之初也许并没有如此多的联想，可它一旦为众目所寓，在接受的过程中就会再生出一些意义来，并且也同样合乎思想情感的逻辑。

　　欣赏辛夷兄的这一类画作绝不是一次轻松的浪漫之旅，它甚至已从根本上抹去了娱悦的功能而直指苍凉的世态，惨淡的人生，乃至悲剧性的遐想。这种关怀使他自然游离于世俗的尘嚣而孤标独立。我们不能不正视这样一种现象，即在诸多艺术门类中，美术界往往在风头上是前卫的，这其中不乏超越精神，但又会天然地伴随着侏儒人格。这体现在对世界的把握，对人性的描述上，更侧重于负面价值的观照。因此，颓废、糜烂、萎缩、变异、失常，乃至病态的力比多情结成了追逐炫耀的对象。是的，崇高之极必返于低俗，经历了人格的乌托邦的诱惑必堕入情感的色欲界，这是我们必须宽恕的宿命，但这只能是一个过程，并且也只能是一角一隅，撑起历史艺术时空的基石注定是弘道扬正的良知，并且将这种良知最高限度地对象化，无疑，辛夷兄多年的艺术取向，正是为了逼近这一世界的真义。写到这里，视觉中又浮现起辛夷兄的白面长身，会心的呵呵一笑，和眉头一皱计上心来的狡黠，这其中有禀赋，更有一份后天的人文化育，这又使我想到了他府上沿壁而立的排排藏书。

2015 - 7 - 25 / 于书带堂

原文载于《百家评论》2015年第6期（总第19期）

郑训佐　山东大学文学与新闻传播学院教授、中国书法家协会理事兼学术委员会委员、山东省书法家协会副主席兼学术委员会主任、山东省文艺评论家协会副主席、山东省古典文学学会副会长。